番外篇 灵灵勇敢飞，爸爸永相随

01

距离嗅嗅来到“乐玩”，已经过去了两个半月。舒灵的直播间人气相对稳定，始终保持在二百万左右。

但无奈的是，嗅嗅还压她一头，成了手游板块的头牌。说来也有意思，这个靠一手神预判“王昭君”发家，之后又凭借“诸葛亮”“火舞”“貂蝉”等英雄神秀操作、吸粉百万的“中单法王”，也开始练起了“打野”。

也是因此，“打野灵”的直播间，突然多了很多拿她和嗅嗅比较的黑子和喷子，比如说：

“嗅嗅刚玩‘打野’都跟你一个水准。”

“这操作隔壁见多了，这就是你们吹的国服第一‘李白’？”

“菜还不让说，粉丝真可怕。”

“女的打游戏就是不如男的，一千场90%胜率的‘李白’也不过如此。”

…………

这些评论看得舒灵脑壳疼，但通常她还是无视，并自我安慰，反正这些人又影响不到她赚钱，从事他们这一行的，就要有颗耐受的钢化心脏。

八月底，新刺客英雄“百里玄策”上线，这是一个嚣张挥动钩链的“兄控”小疯子，因为对操作要求较高，很快成了各大平台主播用来吸睛和争抢国服位置的据点。

舒灵这人属于天赋型选手，新英雄出来前，很少会提前去训练。而且她不爱跟风，不会出什么就玩什么，但“玄策”开售的当晚，拗不过直播间里的迷妹们指名要看，她只能开了把赏金，弹幕一片欢呼雀跃，等着去损“幺幺灵”的“百发不中钩”。

舒灵装出怒不可遏的样子：“我的‘钩子’很准的好吧！你们不记得我的‘钟馗’了吗？好好想想我过去拿‘钟馗’打‘中单’，对面看到我就躲到一百米开外的尿样好吗？真是……一天不发下威，都把我当小猫咪。”

在选英雄界面倒计时间的时候，舒灵点开复杂的技能描述，惊讶道：“这么多字？技能介绍还是高考作文？”她揉揉脑袋，索性关上，“不看了，进游戏随便打几个‘野’，我就能领会其中奥妙了，等着看我怎么Carry，这把我给自己定个小目标，20–0，不过分吧？”

弹幕里大片的“6666”，但下一秒就被“嗅嗅……”的刷屏给占据了。

舒灵蹙眉，视线从电脑屏幕来到手机。

她闭了闭眼，撑头仰靠到椅背装死。

什么鬼系统，为什么会匹配到自己的世仇？

不是冤家不聚头，嗅嗅刚巧在对面，玩的也是“玄策打野”。

比起舒灵的眩晕，大家对于这次的意外撞车显得格外亢奋。本打算用来娱乐的一局游戏，因为嗅嗅的出现，变成了华山之巅，相约论剑，一定要分出个你死我活才算尽兴。

一进游戏，一无所知的舒灵也来不及吹牛了，赶紧又把技能快速浏览了一遍。

倒是对面嗅嗅，竟然态度和善地在所有人频道和她打了个招呼：“嘿，幺幺灵。”只是这条信息很快就被直呼幸运的队友冲过去了，而专注技能描述的舒灵也没有看到，揣着“打野刀”就往“红Buff”溜过去。

弹幕里有人提醒：

“幺幺灵，嗅嗅和你打招呼呢。”

“二灵肯定又没注意聊天频道，哈哈哈哈。”

“喂，幺幺灵，你邻居在向你问好呢，理一下人家啊！”

黑子钻到空子，乘虚而入：

“抢了她‘乐玩’第一‘王者’主播的地位，你还指望她回招呼？”

“原来是真的没礼貌，呵呵。”

“装瞎呢，她估计都讨厌死嗅嗅了。”

至于另一边，嗅嗅的直播间里，弹幕已经炸开了锅，声讨幺幺灵没有礼数。

一直开着摄像头直播的清秀白净少年涩涩地笑了下：“她不理我呢。”说着又尴尬地摸头，“你们别讲她啊！虽然不知道她为什么不理我，但我好喜欢她呢，你们不觉得她很有趣吗？”

“一点游戏素质都没有，怎么有趣了！”

“别把心直口快、尖酸刻薄当有趣啊，嗅嗅。”

“不可以！嗅嗅你只能喜欢我们。”

“隔壁都不搭理你，就别觍着脸往上贴了，咱这人气比她那高得多，别给自己掉价。”

看着大家的义愤填膺，嗅嗅更是为难：“你们别说她啦，或许是没看到呢。”

说着话，他再一次往全部频道里打字：“幺幺灵，你好哇。”

结果……舒灵再一次没看到。

她生怕被嗅嗅压了一头，聚精会神地穿行在“野怪”间，试着所有的技能，更没有抬头看弹幕，只是不时恍然大悟地絮絮叨叨：“哦，是这样啊！太简单了，就是钩了再扯回来嘛，欸？”“小红鸟”突然被她的锁链抛出圈外，她像不当心把宝贝瓷瓶抛下楼那样，迫切地惊呼，“哎！怎么丢出去了啊！回来！”

“哦……不能这样扯，”她的手指在屏幕上比画着，“我懂了。

“不难啊这个英雄，连招还不是轻轻松松，2技能起手大招跟过去‘平A’，然后……”

4级了，舒灵的“玄策”，趾高气扬地拿着“钩子”往“中路”走：“你们看好啊，我先拿这个‘王昭君’练练手。”

弹幕里还在疯狂提醒她嗅嗅同她打招呼一事，并且从另一个直播间涌来许多嗅嗅的唯粉，开始讨伐幺幺灵对自家主播故意视而不见的恶意言行。

“终于知道你为什么比嗅嗅少五十万人气了。”

“就你这种人品，还能再少五十万。”

“以后幺幺灵不光是‘峡谷’孤儿了，还是‘峡谷’盲人。”

“这么瞎，你咋不去算命呢？来这儿直播。”

…………

仍旧心外无物，满脑子骚操作的舒灵，躲在河道草丛里，甩着“钩子”，眉头紧锁，专注地预判“王昭君”的走位。刚要出手，自己突地被钩住，幺幺灵闪避不及，刚要位移躲至安全距离，对方已经靠1技能突过来，接2技能2段把她挑了回去。被砸了个头晕眼花，一套连招已经往脸上招呼过来，舒灵被秒杀，她是整场第一滴血。

“喂！”舒灵惊呼，“他怎么知道我在草里？！太阴了吧！”

郁闷地停在“泉水”里，舒灵标记了刚刚的站位给大家看：“刚才他从这个地方钩我的，他怎么知道我在草里？那么长一段草，他能确定我站在哪里吗？肯定是窥屏了！”

一时间，弹幕里都是真假粉丝混乱不清的“菜鸟”骂言和“哈哈哈哈哈哈”的讥笑。

闻风而来的“黑酸”，怎么能放过这样的大好机会：

“技术不够，污蔑来凑。”

“人家不能预判吗？”

“你眼瞎还让别人陪着你眼瞎？”

“菜就是菜，给自己找这么多借口。”

…………

本来还有几个粉丝刷着“名字太长、屁股太大，撅出来被发现”这类的玩笑梗，但看到一群隔壁水军的凶神恶煞和气势汹汹，也纷纷闭嘴噤声，只觉多说多错。

这时舒灵才去看弹幕，不料满屏喷她的污言秽语，一时有些不太明白。

“怎么都骂我？”舒灵还蒙在鼓里，“有必要这么夸张吗？失望成这样没必要吧？不就是被抓了一次，我已经知道‘玄策’怎么玩了，刚才那个‘人头’是让的，我故意没躲开是增加游戏难度呢，不然赏金十胜太好打了，对吧？”

有房管级别的粉丝在弹幕里用颜色鲜艳的字体弱弱提醒：“刚才嗅嗅跟你打了两次招呼，你都没理睬。”

“就这个？我没看到。”舒灵诧异不解，再度看向满是阴阳怪气、讥言冷语的弹幕，带着意味不明的笑意挑衅答道，“不过就算看到了又怎样，我有什么义务回他吗？难道他是叫我回家吃饭的老妈？”

02

舒灵的反应彻底激怒了嗅嗅的粉丝，这也让她的直播间如打了鸡血一般蓬勃亢奋。

“社会我灵姐”“66666666666”的刷屏持续了五分钟之久。

“低调，低调啊，”舒灵食指点唇，高深莫测地“嘘”了声，“我们打自己的，游戏要认真，不要为无关紧要的人或事分心。”

弹幕大片附和：“对啊，咱们灵灵咱们宠，就是爱她的狂，为她‘哐哐’撞大墙。”

主人都发话送客，跑人家客厅随意不雅排泄的那些喷子，自讨没趣，只好恹恹退出。

当然还有垂死挣扎的几位，还不断如精神污染般鬼畜地发话控诉：“幺幺灵你起码回应一下人家的友好问候吧！”

已经完全熟悉“玄策”技能，并成功抓到对面“上路”双杀的舒灵，瞥到了这些弹幕，还一本正经照读了一遍，而后捏出甜腻腻的俏皮口音回：“好啊，我回个招呼。你们的嗅嗅喜欢哪国问候？我会很多哦。

“爱你阿噻哟。

“Nice to meet you.

“哦哈哟，空尼七哇。

“自拉斯特务一届。

“Bonjour.

“……”

大家快笑哭了，根本分不清她是友善还是讥讽，只能叩波“666”助兴。

舒灵接着吹，得心应手，流利无比：“你们可能不知道，我以前是好莱坞国际巨星，后来见多了娱乐圈的黑暗手段，我就隐退做游戏主播，三百六十行，行行出状元，形容的就是我这种人。刚刚那点小小的各国口语对我而言太简单了，毫无挑战性。哎，这世上就没稍微有点难度的东西吗？”

在幺幺灵的调动下，粉丝完全找回主场，残余的那些“黑酸”也彻底没了节奏点，只能灰溜溜夹尾巴走人。

也是此时，一艘接一艘的“游轮”刷屏，占据了众人的视线。

“秦冕送出‘航空母舰’×1”

“秦冕送出‘航空母舰’×2”

“秦冕送出‘航空母舰’×3”

…………

一直到第三十艘才罢休，足足六万块，豪气冲天，令人颤抖。

连舒灵都震惊得合不拢嘴了：“……”

粉丝们都在刷“秦总大气大气”“秦爸爸爱女无疆”……

此时此刻，秦冕单手支头，还在办公室里审批文件。他解掉最顶端的一颗纽扣，衬衣袖口也挽出肆意的褶皱，整个人格外放松惬意。

汤助理坐在他身边，全神贯注地盯着手里的平板，食指上一顿操作完毕，才松了口气，望回自家老板，汇报任务结果：“秦总，扔完了。”

“几个？”男人钢笔一停，头却没抬。

“三十。”

“就三十？”

“就三十？！”

秦冕挑眼，淡着脸：“很多吗？”

“很……很多了。”汤助理一阵头晕，他两个多月的工资，还不多吗？

不是很懂上司的点，汤助理好奇：“您为什么今天突然打赏这么多？”舒主播肯定做了什么取悦到他们老板的事。

“好玩啊。”秦冕回得理所当然，每逢加班必“听”直播的尝试，不知不觉已成了他的爱好和习惯。并且，几乎每一晚下播后，舒灵都要到私聊频道找他唠会儿嗑，吐吐槽，直接导致他每晚十一点半准时入睡的时间不得不往后推迟整整一小时。

秦冕唇角微勾：“她那个几国语言不好笑吗？”

“她不是每天都会说类似的话？”

“是吗？”

“是啊。”

“但今天好像特别有意思。”

“……嗯。”汤助理不能苟同，但也没再多说。

下了播，舒灵坐到平衡球上颠了会儿，打开后台，照常私戳“秦冕”：“‘爸爸’！‘爸爸’！呼叫‘爸爸’。”

舒灵等了许久也没有收到回复，正要失望地关上聊天界面，那边有了动静。

秦冕：“怎么了？”

舒灵眸子一亮，“噌”地溜回来：“你今天怎么给我扔那么多‘航空母舰’？我……受宠若惊，无以为报！”

秦冕：“欣赏你今天的直播态度。”

舒灵不解：“嗯？”

秦冕：“直播时就好好直播，不被不相干的人或事干扰。”

如此正直古板的回复，险些让舒灵滚下平衡球。端稳身形，她接着敲字，尽力扮演好一个趋炎附势的狗腿奸臣：“没错！管好自己就够了，又不是要跟别的男主播相亲联谊，对吧？”

对面回了个“大拇指”。他就喜欢这种心无旁骛的下属。

哪年的老干部表情？这愈发强烈的既视感是怎么回事？舒灵控制着自己别往不可能的层面浮想联翩，只说：“‘爸爸’您今天真的破费了，下次别……”她删了后三个字，只发了前一句。

再多送点吧，每天指望着你活了。这才是她的真实心声。

对方回得极为轻描淡写。秦冕：“小心意，你认真直播就好。”

真是好小……的心意啊！好羡慕这些挥金如土的有钱人，舒灵叹着气。而她自己，还得每天开几个小时的直播，口干舌燥，当牛做马。

舒灵抬高左手，尾指的关节处，因为长年托举手机边缘的关系，已经有了一个明显畸形的茧，表皮发亮，不仔细看的话似水疱。整个小指的线条也因此变得不流畅，有一块莫名的凸起。

舒灵灵机一动，有了想法。她瞄准那里，对焦，拍下一张图照片，发过去，委屈巴巴：“‘爸爸’你看，我超认真的！”

秦冕端详片刻那根白嫩的小指头，不甚确定地问：“这是茧？”

这不是废话吗！舒灵腹诽着，发去一张泪汪汪的表情包：“这是我不辞辛劳、日积月累的王者印记。”

收到回答的男人又看了眼那张照片，自己也探出小指，专注地对比了一下，女孩那一处夸张的茧迹，确实触目惊心。

秦冕沉默少顷，酝酿着措辞，最终以旁观者的语气回道：“你可以向你的公司申请假期。”

舒灵以头抢地，她要的不是这个回答，她希望的是“加油吧，明天给你加倍的‘航空母舰’！”“‘女儿’你是最棒的，三十艘完全配不上你！”“‘爸爸’会多多挣钱，让‘航空母舰’停满你的‘峡谷河道’！”

难道不应该是这样吗？让她请假是什么意思？为了钱，她可以不吃，不喝，不睡觉！

舒灵开语音，嘟囔：“‘爸爸’……”

秦冕：“嗯。”

女孩重复，还是软绵绵的：“‘爸爸’……”

故意拖长了最后的这两声，如同一只软乎乎的小手扯着他袖子，来回晃动，撒娇。

秦冕心神微漾，还是沉着气回："怎么了？"

舒灵继续小着声嘀咕："我们老板很凶的，我都不敢请假的……"

又说他凶，秦冕顿了顿："你不请怎么知道？"

舒灵："我也不是完全不敢请假，主要是……我要是请假了，你去哪里看我精湛的操作，听我巧舌如簧，我也见不到你了，一整天太长了，我很想你的。"我瞎说的，舒灵挑唇，在心里着重补充。

说者无心，听者有意。秦冕又被取悦了。她的三言两语，总能卓有成效地让他展颜，笑意漫上眼角眉梢。

03

每日例行哄完她家"爸爸"，舒灵长舒一口气，刷牙洗脸，滚回床上。

陷在软和的被窝里，舒灵打开微博，打算挑几个私信回复一下，自打跳槽到"乐玩"直播后，她的微博粉丝数量涨势惊人，到目前为止，已有五十多万。每条微博的评论、点赞数量也异常可观，不少"王者荣耀"营销号来找她做过抽奖推荐，她也欣然应允。

刚打开微博，收到艾特的提醒，委实把舒灵吓了一跳。

怎么会……这么多？她昨天压根儿没发微博啊！

点开那一栏，舒灵发现，艾特她的是一条她今晚的直播录屏剪辑，就在幺幺灵超话里，视频标题：主播幺幺灵七国语言问好同行。

居然还有两千多的转发量？舒灵一脸蒙，往下翻过去，原来这段视频被嗅嗅本人转发到自己的微博，还配了一张可爱脸，评论说："有人能帮我认识一下她吗？她好可爱。"

舒灵："……"同学，就算你这样套近乎，我还是会视你如劲敌的。

许多双吃的粉丝在评论里艾特幺幺灵微博号，吸引她过来留评。

"嘁。"舒灵轻蔑地嗤了声，把她幺幺灵当什么人了？叫她去她就去？她咖位很大的，别想轻易喊动。

舒灵关掉艾特提醒，回到自己的微博，刚要像个懒洋洋、色眯眯的帝王一样，发微博调戏女粉丝，“唰”地跳出一条微信提醒。

舒灵皱皱眉，切出去，居然是关享老哥，问她：“舒主播，睡了吗？”

这大半夜了还找她做什么？舒灵回复道：“还没有，怎么了？”

关享：“我今晚刚和咱们营销部老大聊了个有关你的新计划，这会儿还兴奋得睡不着，想问问你的意见。”

舒灵：“什么？”

关享：“今晚那个视频你看到没有？”

舒灵：“哪个？七国语言那个？”

关享：“对，我们想了个新路子，就是想让你和嗅嗅绑CP，进行炒作。”

舒灵嘴张得能吞鸭蛋：“啊？？？”她飞快地打字，“今晚那个不就是闹着玩嘛！”

关享直接开了语音：“你听我慢慢说。其实今晚你和嗅嗅游戏撞车，大家都没想到，但后续带来的连锁反应激发了我们很多想法……”

舒灵打断他：“关老哥，你似乎搞错了，我和嗅嗅是对手，并不是什么可以相亲相爱的关系。”

关享：“这才有趣啊！这不正是时下年轻人最喜欢的相爱相杀模式吗？”

舒灵：“别……别吧。”

关享又劈头盖脸发来好几条很长的语音信息，他的语气显得很激动，每一个字都像要跳出屏幕冲她手舞足蹈：“舒主播，我们刚刚简单了解了一下其他平台有些主播的营销模式，其中炒CP的主播不在少数，粉丝也非常吃这套。

“我也询问了嗅嗅的意见，他不像你，对你并没有任何敌意，相反还很想跟你搞好关系。

“其实你们有很多共同的粉丝，平时一起排位上分，连麦互动，多传播出去一些有趣的梗和视频，我们再那么花心思一推，对你们人气流通和上涨都大有裨益。”

舒灵当即否定他："那些粉丝吃的是男男CP好吗？"

关享："我知道。"

舒灵："而且嗅嗅的粉丝都是女的，你确定他的女粉丝不会集体脱饭吗？她们今晚就对我敌意特大。"

关享："无论男男CP，还是男女CP，都没太大影响，只要是大家都想看爱看的那种甜，肯定都会有人看，高人气秀恩爱博主难道只有男同性恋？我看也有不少异性恋。"

关享又说："你和嗅嗅的外形性格条件都非常般配合适，你就摆好爱说骚话的傲娇小公主人设，嗅嗅是嘴甜哄人大暖男。"

舒灵翻了个宇宙级大白眼："这两个人设我一个人就能摆出来。"

关享："舒主播，我知道你古灵精怪，游戏也打得厉害，但平台不是你一个人在运作，你和嗅嗅并驾齐驱，绝对是双赢。他今晚转你那条视频并不是我们的指示，他恐怕也很早就想认识你，那我想，不如我们来顺水推舟，让你俩认识。你也可以留意一下他今天那条转发下面的评论，几乎80%的人都在等正主回复，持喜闻乐见蹲等狗粮的态度。"

不等舒灵回复，他就把她强行拖进一个微信群，点开一看，就三个人，她、嗅嗅和关享。

嗅嗅秒打招呼："幺幺灵，你好。"

关享一副拉郎配媒人的揶揄状："你们慢慢聊，我先休息。"

舒灵："……"

关享不再说话，一看，他已经退了群。

最怕突然的尴尬，舒灵抓抓头皮，有点暴躁。

嗅嗅发来一个熊本笑脸。

舒灵开门见山："听说你想认识我？"

嗅嗅："很早就想了。"

舒灵："咱俩以前好像没啥交集吧？"

嗅嗅："我当主播就是为了有一天能认识你，就像现在这样。"

舒灵完全被他这两句直接得要死的告白砸蒙，一头雾水地回复："为什么？"

嗅嗅："欣赏你，喜欢你。"

舒灵："……"

嗅嗅："估计你已经记不得我了。"

舒灵："……你是我的粉丝？"

嗅嗅："算是吧。"

舒灵肃穆地抿抿唇，接着敲字："我粉丝很多……他们都很喜欢我……"她的言外之意是，难道我还要一一答应他们吗？做梦吧。

嗅嗅："去年年中，我和你打过一次排位。"

舒灵："嗯？"

嗅嗅："我发了五句我走'中路'，你还是抢了'中单'，说你'带躺'。"

舒灵："对啊，我玩什么位置都'带躺'啊！"

嗅嗅："我只会玩'中单'，拜你所赐，那局我被喷得很惨。"

舒灵："……哦。"这明明是"中单"复仇记啊！为什么突然扯上感情戏？

嗅嗅："队友一直骂我，你的'王昭君'不死超神后，传回'泉水'。"

嗅嗅："还说，谁再敢说'上单'一个字，你就挂机到结束。"

舒灵："……"她想起来了，嗅嗅是那个"吕布"？

嗅嗅："那局我们赢了，后来我才知道你是个主播。"

嗅嗅："我本来不玩'王昭君'，那天之后，我开始玩'昭君'了。"

舒灵手指僵硬，原来如此。以前，在一时兴起不想"打野"的晚上，她强行抢人"中单"，心存愧疚，顺手维护了一把，没想到还留下这样的孽缘。苍天啊！

嗅嗅："你看过我的'王昭君'吗？"

舒灵："……看过。"

嗅嗅："你什么时候知道我的？"

舒灵："也是去年吧。"

嗅嗅："我满足了。"

舒灵："什么？"

嗅嗅："今晚我很开心，尤其在关经纪人和我提出跟你捆绑CP的策划后，一切努力没白费，我终于有了站在你身边的资格。"

舒灵："那个……我没同意这个计划啊……"

嗅嗅："你不同意吗？"

舒灵尽量使措辞委婉："对，我这个人吧，还是比较喜欢单打独斗。"

嗅嗅："好，我依你喜欢。"

舒灵眨巴眨巴眼，这人这么好说话的？但下一秒，聊天框里又蹦出一条回复。

嗅嗅："那，你能当我私下的女朋友吗？"

舒灵："什么？"

这一夜，舒灵辗转难眠。虽然她被吓得秒退聊天群，但心境依然难以平复。

什么鬼发展啊？莫名其妙的。假想敌突然跑来跟自己深情表白？不行，不行，她要找人吐槽一下。

脑海里搜刮着人选，不敢打扰最近情绪波动较大的恋爱期表哥，想来想去，她也只有无条件宠她的"金主爸爸"了。

打开直播软件，戳进私聊，她颤着小手指，发消息："'爸爸'，我……我好像被职场性骚扰了！"

04

消息发出去之后，舒灵等了好一会儿，都无人回复。

"爸爸"肯定已经睡了，舒灵呼了口气，关掉直播APP，把手机揣回枕头下边，抱紧被子睡了，一夜无梦。

翌日，舒灵又在奶奶惊天动地的敲门声里惊醒，她"唰"地一下坐起来，眼皮却是怎么也抬不动，把昏沉沉的脑袋歪向门板的方向，她不耐烦地拖着尾音："好了……好了……我醒了。"

"快点出来吃午饭！我要出去打牌啦。"奶奶嚷嚷道。

“知道了！”舒灵也把嗓音提高几度，“你走吧！”

套好家居服，舒灵挪下床，拉开窗帘，一拥而入的日光让她睁不开眼。

赶紧别过身子，舒灵揉揉头毛，趿着拖鞋朝外走。啊，又浪费一个上午，都怪那个嗅嗅。

坐回餐桌前，舒灵才摁亮手机，一看屏幕，原本惺忪的睡眼一下清亮起来。

三个未接来电？舒灵当即点开，怎么都是关老哥打来的，不会都是问她昨晚的考虑结果吧？

女孩以头捶桌，拨了回去，等了会儿，对方才接起来。

“舒主播。”关享客气地打招呼。

舒灵回：“嗯……对不起啊，我刚醒。”

“没事，”关享口气和善，“舒主播，你最近工作上有什么不顺心的吗？可以尽情向我反映。”

舒灵：“啊？”

关享又道：“今天我们开晨会，秦总特地交代，让我多关注几位新签主播的身心状况和工作处境。”

舒灵滞了一下，后知后觉：“你不是问昨晚那事的啊？”

“也可以顺便问问。”关享似乎笑了，“不过我今天在会上提了，秦总似乎不太赞同，他更倾向于专心独立的主播，如果你有意向，我可以再去说服他。”

舒灵：“不……不用了。”一想到昨晚嗅嗅突如其来的表白，她脑壳就隐隐作痛。

舒灵深呼吸，一鼓作气地答：“关经纪人，我还是想自己单干。我有独当一面的实力，不是吗？”她成竹在胸道。

关享笑了两声：“舒主播，我从来没否认过你的实力，但一个人、一个行业的潜力是无限的，而我从事的职业就是要尽我所能地挖掘出这些，不浪费任何机会和可能。”

他说得言之凿凿，但并没有打动舒灵分毫，她马上演起甩手掌柜：

"其实嗅嗅也不是那么同意，他可能只是为了讨你开心。"

"是吗？"电话那头的关享一愣，"我再去问问，昨天这小子听完之后很兴奋啊！"

互道再见，舒灵挂断通话。

去"B站"调了个食播视频，把一旁支架拖到正前方，再把手机吸上去，舒灵一手拿起筷子，一手按下播放，似有仪式感般，开始低头扒饭。

不知道是第几次一个人吃饭了，人在生活中孤单太久，连吃饭都变得索然无味，需要额外的调剂才能下咽，好比面前的视频。

刷了碗筷，舒灵盘腿坐回沙发，关掉视频，切回微信，她看到了一个好友申请。

点开来，她瞬间关上微信。

妈欸，居然是嗅嗅！

认证还是："你跟关老师说我不愿意捆绑，所以是同意当我女友了吗？"

没有！舒灵神情呆滞，倒回沙发，这个男孩子是什么脑回路！

舒灵揪了会儿抱枕角，决定快刀斩乱麻，拒绝嗅嗅。

在心里斟酌了一会儿措辞，她同意好友请求，并飞快点进聊天框，"噼里啪啦"地敲字。

可能都是单身二十年的手速，对面比她还快地发来一张战绩截图，文字内容紧跟其后：

"就是这个，我昨天找了好久。我玩'吕布'的那局，第一次见到你，那次被虐得好惨，顾不上感谢你。"接着他又发来一张每晚"乐玩TV"手游板块，两个人直播间挨在一块的截图。

"费了点劲，终于搬到你隔壁。现在可以正式认识你吗，幺幺灵？"

舒灵："……"

这个人温柔赤诚得要命，她看着自己打字栏里那两行斩钉截铁的措辞，数九寒天的口气，又有点于心不忍，但她实在没那方面意思啊！

咬着下唇，纠结片刻，舒灵眉心紧蹙，还是把原话发了出去。

"嗅嗅，我没办法答应你，我不想谈恋爱，就这样当同行挺好的。"

那边沉默少刻，又来了回复："那微信里，可以腾给我一个好友位吗？"

舒灵："……"她同意了，可以的，也不是没加过其他直播同行。

嗅嗅瞬间回了张开心到飞起的熊本表情包。

舒灵友情回复同系列表情包后，跳出微信，猛地想起昨天半夜给"秦爸爸"的吐槽，她忙打开"乐玩"APP。

果不其然，对面已经给了回复："能说下具体情况吗？"时间是早上七点多。

舒灵："……"这个"爸爸"，真的非常严肃认真。

不过好在她自个铁石心肠、效率超高地解决了，希望就此结束。怕这位"爹"担心，舒灵回了张笑脸："没事，我自己已经解决啦，你不用再放心上！我是不是超级棒？"等了会儿，又没动静和反应了。

嗯……他肯定在忙吧，反正她从没指望过这个人在白天给她消息。

舒灵撇撇唇，关掉APP，换了身运动衫，打算去附近自然公园跑步。

另一边，秦冕的确在忙，而且他极少在工作时间分心闲聊。

用完午餐，送走"好游TV"的黄总，秦冕回到办公室。一早都在待客，商讨两家网站即将开展活动企划，还落了一堆日常事项需要审批。

汤助理跟着他回了办公室，坐回自己办公桌后，他敲了会儿键盘，瞟了眼老板，后者一如往常地心外无物，日理万机。

上午他在会议厅的反应，汤助理百思不得其解，老关和张总监给出的方案，明明是很好的提议啊！

实在憋不住想一问究竟，汤助理叫了他一声。

秦冕眉心稍皱："怎么了？"

"秦总，您为什么不同意今早那个让幺幺灵和嗅嗅捆绑营销的方案？以我多年刷微博和混直播的经验，这绝对是双赢，如果单纯是因为……"他顿了顿，"陆小姐那件事，导致幺幺灵和嗅嗅关系敏感，这也是他俩破冰、互利合作的一个好机会，炒好了，对我们公司的引流……"

汤助理倏地噤了声，因为他看见老板已经眉头紧锁地搁下了钢笔。

男人接着掀眼看回来，坦率地道："有一部分私人原因。"

汤助理洗耳恭听："嗯？"

"你有女儿吗？"

汤助理："没有……"随后答，"我家是儿子。"他在心里难以置信地补充，您去年刚来喝过周岁酒，您都忘光了吗？！

秦冕颔首，敛睫："那我说了你也不懂。"

汤助理："……"

开玩笑吗？汤助理想这样问一句。可上司面上毫无调侃之色，一会儿，汤助理才恍然大悟，老板你是不是入戏太深？

汤助理又低低唤了声："秦总。"

秦冕这次干脆头都不抬，鼻音低沉："嗯。"

"老板，您还是早点找位美太太，生个真正的女儿吧。"他诚恳地建议。

"……你今天很闲？"

"……不啊。"

"那还有空和我聊这么久，要给你多安排一点工作吗？"

汤助理秒归位，正襟危坐。

晚上，秦冕没应酬，很早就回了公寓，洗完澡，例行看直播。

先点开后方私聊，舒灵已经给他回复，声称已经解决一切，让他不必再挂心。

端起马克杯，抿了口水，秦冕靠回椅背。

切回手游板块主页，在看到同时段主播房间名时，他慢慢直起上身。

第一排，一直是嗅嗅和幺幺灵的直播间比肩而立。只是今天，嗅嗅一直未变的房间描述有了更改，变成了"我的隔壁全宇宙最可爱"。

秦冕盯着那个房间名，沉默良久。原来这就是她说的职场性骚扰？

05

果不其然，接下来的几天，人气王者主播嗅嗅猛追同台主播幺幺灵的事件在微博热度不减。

有女粉心碎成渣，表达不满，但也涌出了大量的CP粉，直呼好萌好可爱，“嗅灵”的超话也应时而生，并且产生了许多同人作品。

舒灵的直播间弹幕也变得不同以往，全是嗅嗅的节奏。

“在一起，在一起！”

“我从隔壁过来看看这边是不是真的全宇宙最可爱。”

“还能心如止水地直播，我服你。”

“幺幺灵你很漂亮吗？怎么从不开摄像头？”

“嗅嗅一点都不男人，和幺幺灵天生一对没毛病。”

…………

这几天，两人流量激增，几乎都是慕名过来围观他俩动态和进展的新粉，这对“乐玩”来说，无疑是一件好事。

官方也跟进买水军宣传炒作，“我的隔壁全宇宙最可爱”也被刷到了热搜。

舒灵头都大了，因为她莫名就多了个新称呼。

直播期间的弹幕也让她兴味索然，再也没人评价她的操作，调侃她的失误，大家不再嘻嘻哈哈，从头至尾，都在喜闻乐见、唯恐天下不乱地议论她和嗅嗅的“恋情”，为灵嗅CP还是嗅灵CP不厌其烦地扯皮。

舒灵说骚话的欲望都变得寥寥无几，有时和粉丝半撒娇地来一句：“你们能不能多看看我？别关心别人嘛。”

弹幕里全是“嗅嗅看你就够了”“我们怕被隔壁的‘荣耀’一百星打爆头”“不敢看不敢看”……

她长嘘了一口气，还能说什么，什么都不想说。

而秦冕却并未急于处理此事，而是任其自然发酵。

放任自流的原因无他，主要是还在观望，想看看舒灵的态度，他很好奇一个人气主播因为另一个人气主播的特殊举动，导致自己开始承担莫须有的铺天盖地的舆论施压和绑架，对此她会做出怎样的举动。

于私，他并不喜欢嗅嗅，真假不论，他反感所有把私人感情带到工作之中的人，甚至不允许自己也这样。

于公，他很期待舒灵接下来的应对措施，他可以送这个小女孩零花钱，但“把屎把尿”并不是他的作风。

心累不已，舒灵突然想请一天假。和关享说了声，对方近来心情大好，虽然没绑成CP，但嗅嗅一人的“追求表演”起到了出人意料的效果。

同意请假后，关享还打趣道：“不如你就答应了吧，以后你们就是咱们平台的一对神仙眷侣。”

舒灵皮笑肉不笑：“呵呵。”

关享：“嗅嗅这孩子人不错，我见过，个子也挺高的，年纪和你也很搭。”

舒灵直接关掉微信。

但那一天，她没有真的给自己休假，而是在下午开了播。粉丝对她的异常举动惊讶不已，但还是跟进直播间。

开局舒灵就发了个通知：“以后我每天下午两点到晚上七点直播，就这样。”

岔开时间的效果卓著，因为不在同一时段，直播间清静许多，多数都是舒灵的忠粉，但她因此也少了一半的流量。

最让舒灵硌硬的是，五点多，嗅嗅本人突然亲临她的直播间，扔了52000块的打赏。

那一刻，她无话可说，异常安静。而直播间瞬间被引爆，全是对言情剧男主人公突然现身的惊呼和雀跃。

是可忍，孰不可忍，几天的压抑和束缚被引爆，舒灵全身气得发抖，直接开喷：“你能别来烦我了吗？你是真追我，还是整天带节奏，你心知肚明。你装什么好人和情圣？”

我不发飙，你真以为别人是块软肉好啃是吧？！

“天天在直播间提我，有完没完，咱俩认识吗？加个微信还是你舰着脸要来的，不听官方意见跟你捆绑炒作，你就给我来这招，阴我是吧！

“这几天没少被你的粉丝喷过、骂过，我的直播间被你弄得乌烟瘴气，我怎么没见你在微博冲冠一怒为红颜呢？我看你是怕得罪粉丝吧！

“哦，我差点忘了，你没发火倒是回了几句评论‘你们不要讲她，好不好，答不答应是她的个人意愿，我都尊重和接受’。你是想再引得你的粉丝继续来咬我骂我，厉害。

“你说终于有资本追我？你人气老早就超过我了，以前也没见你有什么动静，怎么那天排位撞车后才突然这样？怕是你和你的幕后团队临时想出来的点子吧。

“‘乐玩’一哥，你可坐稳了，我毕竟是万年老二，连粉丝都这样说我，我哪敢和你争？不过你真以为我刚成年没脑子呢？

“对不起，我不喜欢玩虚的。你和你背后的团队想搞我，没事啊，恭喜你，你成功了。你在‘乐玩’一天，我就一天不会再上播，解约赔钱都没事，倾家荡产我也不想再受这窝囊气了。

“我都能提前预测到我今天闹这么一出你要怎么回应——我真的很喜欢她，但不想给她带来压力，抱歉，对不起幺幺灵，对不起幺幺灵的各位粉丝，对不起。赶紧拿笔摘抄记录啊，情圣。

“真被你恶心坏了，拜拜。”说完，舒灵就下了播。

合上笔记本电脑的盖子，把手机关机，丢到一旁，舒灵身心俱疲。

她知道直播间里会有怎样目瞪口呆的反应，也清楚自己即将面对怎样排山倒海的谩骂。可这一刻，她就想一心一意地睡会儿觉。

爽哭了，她脸上都是泪水，是真的哭了。

钱她不要了，虽然肉很痛，心很疼。呜呜呜，她的钱啊！

也不知什么时候昏沉沉地睡了过去，一觉醒来，舒灵饥肠辘辘，去冰箱里翻出一包速冻饺子，下进锅里。

等水滚开的时候，她开了机，果不其然，一大堆未接来电，有关享的、有汤助理的，还有哥哥的，哥哥的最多。

别人的连环“call”都掺杂着功利的迫切，可只有哥哥的不一样，担忧意味几乎能冲破屏幕。

鼻子一酸，舒灵一时不知怎么面对他，没有回复，更不敢打开微博，怕辱骂的浪潮会把自己淹没，从此溺亡。

她深呼吸几下，小心翼翼地点开微信。

聊天列表里，也是大堆问候关切的消息，但是“添加好友”那栏里，却多出一个提醒。

摁进去，是一个英文名，验证是秦冕。

舒灵心一颤，她“爸爸”？怎么可能，那人根本不知道她的微信号。那只有可能是她真正的顶头上司大老板了，毕竟从汤助理和关享那儿都能得到她的微信号。

他要亲自上门问罪了吗？

舒灵倒地，想装失踪。

迫于压力，舒灵还是按下同意，备注好“秦总”。

她破罐子破摔，先发制人，给了对方“我无所畏惧”的暗示：“秦总，您好。不管您要来跟我说什么，我都无所谓。解约、赔偿不在话下，我闯的祸，我自己负责。”

等了一会儿，对面居然有了回复。

秦总：“你还想待在‘乐玩’吗？”

舒灵看不出他这句话的意图。

但她还是硬着头皮回：“如果还可以，也不是不想。”

秦总：“那自己去收尾。”

舒灵：“……可是我都放大话，说嗅嗅在一天，我就一天不会直播了。”

秦总：“他已经在走解约流程了。”

舒灵吃惊：“为什么？”

秦总：“‘好游’一直想挖他，我趁这个机会把他送走了。”

舒灵突然有了新想法：“‘好游’给他多少钱啊？”

秦总：“商业机密。”

舒灵：“‘好游’没想挖我吗？不如把我弄过去吧。”

秦总：“什么？”

舒灵：“反正我在‘乐玩’的名声已经这么臭了，就像你们的烫手山芋，我愿意牺牲自己，把人气更高、品行更好的嗅嗅留在您的‘乐玩’公司！”

秦总没说话。

等了半晌，对面都没有消息，舒灵：“您不考虑一下吗？”

“对方已拒收你的消息。”

被拉……拉黑了？

06

连发几条消息都是拒收后，舒灵的心一凉，只觉自己的职业生涯可能会就此中断。

多琢磨几遍这段对话，舒灵幡然醒悟，秦总的意思很明显了，嗅嗅和她，他选了她。

哎，看来咱们秦总不是个忘本的人呀！他知道她幺幺灵给“乐玩”带来的丰功伟绩。

挽回老板的好感度迫在眉睫！舒灵赶紧去找汤助理求助：“汤哥，汤哥！”

偶像主动拜访，汤助理回得很快：“怎么了？”

舒灵：“秦总电话是多少啊？”

汤助理：“137××××××××。”他又问，“你要这个做什么？”

舒灵：“一时半会儿说不清楚，我等会儿再告诉你哦，现在很急！”

汤助理：“好。”

把那串数字复制下来，粘贴到号码栏里，舒灵深深吸了口气，拨了出去。

等了片刻，对方接起了电话：“哪位？”

心跳加快，还忘了清嗓子，这头的舒灵下意识地掐了两下自己的喉咙，才咽咽口水，恭敬地叫了声：“秦总，”并自我介绍，“我是舒灵。”

那头又是安静，须臾，他说：“有什么事吗？”

“您把我……”

“嗯。”不等她问话出口，男人已经先行回答。

舒灵：“……”有钱就是任性，一言不合就拉黑，她点点头。

“所以我特意过来跟您赔礼道歉，”舒灵吐着舌头，翻着白眼无声地“略略略”，释放给对面的语气却带着小姑娘怯生生的软弱，“刚才一下子没明白秦总的意思，只想着自己发的脾气自己要负起责任，却没想到秦总竟然对我这么好，对不起了……”

又是一阵沉默，男人并未直接道明是否接受她的致歉，只问：“想好怎么收拾残局了？”

舒灵迟疑：“大概有点想法……”

“嗯。”他示意她继续说。

舒灵：“我也许会发条微博说清楚。”

秦冕又问：“看到网上对你的评价了吗？”

舒灵：“我刚开机，不过不用看也大概能猜到，无非就是说我有被害妄想、素质差、说话难听、‘峡谷孤儿’之类，我都习惯了。”

秦冕声线平稳：“你在直播间大发雷霆的行为确实有些贸然。”

“我知道啊，”她的声调轻若蚊音，“可是很解气……”

她瞬间又理直气壮：“但这次的爆发是日积月累的，我从许多事里都能判断出嗅嗅并不是真心喜欢我，就是为了拿我开刀。虽然我以前确实跟他有过一次打游戏的经历，但整件事产生的时间点都太奇怪了。嗅嗅私下加过我微信，他给出的解释是，自己现在当了主播有了人气，终于有资格追我了。但太凑巧了吧，按理来说，他在之前平台的人气就和我不相上下了，而且来‘乐玩’也有一阵子了，人气也早在一个月前就盖过我了，他那时不来求爱，非得挑这时候。尤其这一切都发生在我们撞车当晚，关老师给他打电话说过和我绑CP炒作的提议之后，所以我觉得他有极大的可能是临时起意，并不真的像他说的那样。

“而且他这些天的表现也充满疑点，直播期间不断提到我，以前从来没提过我一次吧？变相带我节奏，引导他的粉丝攻击我，或者试图塑造一个暖男形象蹭走我那些粉丝。

“到底是我有被害妄想症，还是他别有用心，我觉得已经昭然若揭。”

舒灵耷下眼皮：“而且，他就算真喜欢我，我也不会答应他。”

她趁此机会溜须拍马：“我一心一意都扑在直播事业上，扑在我们的平台上面，才不会轻易被外物影响。”

她顺势又开起玩笑："更何况，我就算找对象，也绝对会找那种给我扔三千艘'航空母舰'的，不光造福我，还必须造福咱们平台。谈恋爱的同时还要拉高我们'乐玩'的GDP！秦总，请务必相信我的判断和眼光！"

"呵呵。"对面的男人突然溢出一声低笑，意味不明。

怕又触了这位山里大老虎的雷点，舒灵飞快地转换语气："我只是说笑……您别在意。"

"嗯。"他应了声。

舒灵："……"

怎么办，再度冷场，没话讲了。不过这人怎么还没结束通话的打算？难道在谦让，想等她先提？

憋了会儿气，刚要开口，对面轻描淡写地问："我听汤助理说，你直播间里一直有个用我名字给你打赏的人。"

舒灵："……"汤助理，您是国际大嘴巴协会的高级会员吧？

舒灵尴尬地挠挠头："是有这么个人……"

正主质问当前，一想起自己还整天恬不知耻地跟人互动叫人"爸爸"，任凭弹幕肆意调侃，想必也给秦总本人带来了不便，所以他才会特意提起。

舒灵罕见地面热："但他是我一个很可爱的粉丝，可能就是为了有趣，调节直播间气氛吧。您别介意，我过会儿就去和他说，让他改个ID名字，我挂了电话就去！您尽管放心！"

"不急，"男人道，"先把你自己的事解决好。"

"好。"舒灵似鸡啄米般连连点头。

挂了电话，秦冕就忍不住笑了，叹了口气，叹完又不禁扬唇。

刚要放下手机，屏幕收到一条"乐玩TV"的消息提醒。

点开来，他才克制住的笑意卷土重来，因为那是幺幺灵发来的消息："紧急紧急！！！重大通知！！！"

他挑眉，回了个问号。

幺幺灵："'爸爸'你快点换个ID名吧！我们老板，也就是真的秦总已经注意到你了！他今天打电话给过我警告了！”

秦冕故作震惊：“怕什么？”

舒灵卖萌装哭：“我好怕的，好怕你被封号，从此我俩天各一方，您那些亲情的‘游轮’再也不能源源不断地驶向‘女儿’的海港！我超怕的。”

这个回复，险些呛到秦冕，他摇头，回复：“再说吧。”

舒灵真如丧父那般楚楚可怜：“不行啊‘爸爸’，您要是真的离开了我的直播间，我会好难过的。”

秦冕：“下午的事，我以为你要换平台。”

舒灵：“怎么会啊！‘爸爸’在哪儿，我就在哪儿。”

小丫头两副面孔转换得倒还挺快，秦冕也跟着演上瘾了：“我也可以跟着改成别的平台老板的名字。”

舒灵深知自己还要在“乐玩”待很久，使出各种撒娇发嗲的文字大法：“可是……‘秦（亲）爸爸’只有你一个，呜呜呜。”

谐音梗让男人莫名愉悦：“哦。”

舒灵：“嗯嗯！你要快点改名字哦！”

秦冕：“好。”

女孩这才心满意足，急吼吼地说自己还要去办别的很重要的事情。

秦冕知道她要忙什么，自然也是期待和应允。

秦冕洗了个澡，擦着头发从盥洗室出来，第一时间拿起手机，打开微博。一刷新，置顶的碰巧是“乐玩TV幺幺灵”刚发布的新微博：“我每晚会到一个广场里卖艺，或许不太精彩，但一直尽心认真。所以，我慢慢有了观众，也有了欢呼和鼓励。突然，有一天，一个陌生的男人走向我，自我介绍说他是隔壁广场的名角，然后在我的舞台中央，突地单膝跪地，向我求婚。我惊惑地站在原地。我想了想，我的观众还在台下，我不能结束我的舞蹈。可从此之后，观众再也没有评判我的动作，指正我的姿态，而是不断地叫喊着那个男人的名字，试图让我注意到他。隔壁广场他的观众跟过来，有失望的，有气愤的，有看热闹的，我的舞台变得乌烟瘴气，不再熟悉。几百万人协力高喊‘在一起’，我悄悄和那个男人说‘你能回自己的广场吗？我们都好好专注自己的演出可以吗？’他不依，换成两条腿，接着跪，甚至还掏出钻戒。大家等候我的反应，仿佛我准时准点的演出已经不再是看点，仿佛我必须要把这个男人拉起来，接受他，并肩而立，才是遂人愿，顺天意。

“我不知所措，再到忍无可忍，爆发过后，满身挂彩，臭鸡蛋、烂菜叶，不在话下。可到底为什么，一个我根本不认识的人，却让我成为一切事端的原罪？

“从头到尾，我只是想跳好自己的独舞，给你们看，逗你们开心而已啊！”

秦冕唇线敛起，末了，给这条微博点了个赞。

那条微博发出去后，不过分钟光景，已有了过千评论。

思忖片刻，他眉心一皱，随即舒展，开始打字。他敲完却迟疑了，最终并未发出去。算了，风口之上，忍一忍了，虽然迫切地想自揭身份吓唬她一下，但他的号还有个人认证，难免又会把这小女孩子推到更高的浪尖上。

而被他删掉的，仅仅是简单的，也只有她能明白的五个字：灵灵勇敢飞。

07

她的这条微博，顿时让风向扭转了不少。

嗅嗅并未对此做出任何回应，只是第二天上午，他在微博上发布了自己即将转去“好游TV”的通知，粉丝震惊不已，直觉这件事和幺幺灵脱不了干系。

任评论骂声一片，舒灵也是左耳进、右耳出，反正最后的赢家是她，老板割舍不下的心头肉主播也是她，气死你们，就是要气死你们，哼。

舒灵关掉微博，眼不见心不烦。她心里唯一放不下的还是不知道“好游TV”到底砸下多少钱挖走的嗅嗅。当好奇心快撑炸脑壳的时候，舒灵忍不住找了比较信得过的汤助理发问。

舒灵："汤助理，嗅嗅就这么走啦？"

汤助理："对啊，你话都放那么狠了，我们公司必须要做出一些应对措施，不是吗？"

舒灵："嘿嘿，那只是气话呀。"

汤助理："走都走了，舒主播你就踏实留在我们这儿吧，不会亏待你的。"

舒灵："那是，别提多放心了，你和秦总人都那么好。"

汤助理："呵呵。"这两声笑，意味不明。

舒灵也没深究，只问："'好游'花多少钱把嗅嗅搞过去的啊？"

汤助理："这是商业机密。"

舒灵立下毒誓："你就悄悄告诉我一个人！"

汤助理："嗯……"

舒灵："求求你了……"

汤助理提点了一个数字："五。"

舒灵眨眨眼："五百？"

汤助理："再多个零。"

舒灵："五千万？！"

汤助理："是啊。"

舒灵面色一黯，心如死灰，五千万！她也要……

问苍天，"好游"为什么不挖她呢？四千万，她也二话不说就打包麻溜滚去那儿了。什么心头肉，什么人生赢家，在铜臭面前屁都不是。五千万，她做梦都不敢梦到的数字，原来嗅嗅那么值钱，而自己，还在这里鞠躬尽瘁地当个游戏"哔哔机"，她不服气。

她不死心地追问："'好游'挖我了吗？"

汤助理："也提了。"

啊！舒灵双眼瞬间锃亮："真的吗？多少钱？"

汤助理："也很高，但你不可能走啊！"

舒灵："为什么？"

汤助理："你想走？"

舒灵反应过来："没呀没呀，我怎么会走呢！'乐玩'就是我的再生父母、温暖港湾，我怎么会轻易离开呢？”

汤助理：“你走不掉的，秦总说了幺幺灵不放。正好这个节骨眼上出了嗅嗅的事，就顺水推舟把嗅嗅送去了。”

舒灵：“为什么不放我？嗅嗅的人气明明比我的高。”

汤助理及时打住，尴尬一笑：“我怎么知道呢，你的潜力比较大吧，哈哈哈哈哈。”

虽然这个理由让舒灵产生了一丝的自豪和骄傲，可远不及嗅嗅的签约金给她带来的冲击那么深刻和重大。

五千万，都可以拿钞票糊窗贴墙了，辞了工作每天像个废人一样躺在家里，都没有后顾之忧。

舒灵四仰八叉地倒在床上，幽幽地叹气。

接受现实吧，万恶的金钱啊！本以为时来运转，实际是为他人作嫁衣。表面许是打了个漂亮的翻身仗，可她也没觉得多开心。

嗅嗅走后，舒灵的“搬砖”，哦不，直播时间也恢复正常。

晚上准七点，她的“凤白”提剑现身，身姿洒脱，“110”三个数字铺满屏幕，不再有无关人士的干扰和硌硬。

秦冕一边在办公室里加着班，一边“听”着直播。

当少女稚嫩的嗓音响起的时候，他不由得勾了勾唇角。

看老板惬意地转了两下钢笔，汤助理觉得他一定心情大好，忍不住说：“秦总，今天舒主播来找我了。”

男人眉梢稍挑：“嗯？”

他不敢讲签约金的事，只说：“她问我‘好游’有没有挖她，公司怎么反而把人气比她高一截的嗅嗅让出去了。”

“哦，”秦冕停了停，“你怎么说的？”

“秦总，你别管我怎么说的，我觉得你根本不是把舒灵当女儿看待啊！”

“那我把她当什么？”

“当一只鸟。”

“你说什么？”

“你不是养了几只文鸟吗？我觉得她在你眼里跟那几只文鸟差不多。”

秦冕搁下钢笔，对这个话题提起了兴趣：“怎么讲？”

“必须在自家笼子里，不可能送人，你每天打赏就跟每天丢点玉米粒、面包屑逗她玩玩似的，看她‘叽叽喳喳’，你也跟着笑眯眯，不是吗？”

秦冕突然低笑一声，不知是不敢苟同，还是不置可否。

细思片刻，男人眼一抬，拿起手机，又随手刷了一排排“航空母舰”，十来万跟丢纸团那般毫不在意。

听见直播间里“谢谢爸爸”的惊呼，以及“‘爸爸’你怎么还没改……”的欲言又止，汤助理撇撇嘴，他就知道。

就这么怕幺幺灵飞了啊，老板!

其实他刚才的话，还有另一层意思，他不仅仅是把舒主播比作文鸟呢，老板是把舒主播当物啊。

叹了口气，汤助理打趣道：“秦总，你这每天都要听舒灵直播，完全离不开了，哪一天她不播了怎么办？”

秦冕颔首：“是离不开。”

汤助理：“啊？您不会……”

秦冕双手交叉，搁在桌面，神色安稳：“这几个月，我在她的直播间里，从她身上学到了不少东西。”

“什么？”汤助理小心翼翼地发问，“当房管吗？”

“嗯。”

“嗯？”

“还有别的，”他眼皮微敛，“很多，我知道自己到底该做什么了。”

汤助理愣住，难以领悟。

秦冕绷着唇线，是的，他知道自己到底该做什么了。想要从一个墨守成规的家族环境里跳脱出来，所以他任性叛逆地选择了这个新兴产业。急于向长辈证明自己，与过往的成长经历拗气，却并非真心实意地喜欢这个行业，他的初衷并不纯粹。

他以前几乎没接触过游戏，也没有详尽地了解过直播的细节，忙着应酬、会客、融资，想着怎么能尽快让公司成形、赚钱、上市，直至做出明显的效果。他看似很忙，其实心浮气躁，脚跟不稳，每一步都如漫步云端，走得很虚浮。

可现在不一样了，近距离深入接触之后，他理解了自己工作的具体内容，明白了主播与观众之间的羁绊，终于真正领悟，自己在做的到底是什么样的事业。

秦冕淡笑："看了这么久的直播，我更脚踏实地了。"

到底在脚踏实地什么啊？汤助理更加困惑："她那么浮夸的吹牛内容和'峡谷孤儿'式打游戏风格，难道不是让人更加不能认清自己吗？"

"她很认真。"

"她是很认真。"在这一点上，汤助理颇有共鸣。

"我的平台必须配得上这么认真的主播。"

"老板……你好像搞错了主次关系？还是因果……"

"没弄错。"

当那些勤奋的鸟儿栖居在这里时，他要给他们最舒适的环境。这就是他为之努力的全部价值、所有意义。

08

网络信息急速更迭，风浪终会平息。一个月后，舒灵的直播间和微博已经完全恢复原状，而嗅嗅也在"好游TV"安家扎营，混得风生水起。

因为嗅嗅的离开，舒灵的人气渐涨，临近十月，她的直播间人气已经稳定在二百多万，已经能与隔壁英雄联盟区的人气王争个"乐玩"头牌了。

可不同于"英雄联盟"的是，"王者荣耀"板块的观众女性居多，直播间的氛围也相对平和温馨。

十月初，"乐玩TV"成立两周年的庆典在即。

早在半年前，“好游”平台的王总就联系过秦冕，希望可以在秋季，两家联合做个活动。

金九银十，在哪个行业都是成立的，要把准时机。所以八月底那会儿，公司就已经做好策划，集齐两家平台的高人气“王者荣耀”主播，举办了一场粉丝见面会，表演赛也囊括其中，地点也已经定好，在魔都风云电竞馆。

收到通知的舒灵有点蒙圈，她从来没在公共场合露过脸。刚到“乐玩”时，关享就有过让她开摄像头直播的建议，她那时并未同意。所以现在突地直接把她拉过去参加真人见面会，对她来说无疑是不小的冲击。

愣了一会儿，舒灵只问：“我一定要去吗？”

关享：“去了对你肯定有帮助，舒主播外形这么漂亮，其实不用太担心，相反还可以圈粉，因为当天我们肯定会全天直播，投放热搜。前阵子有位‘绝地求生’的主播也参加了类似的活动。他本来在我们平台的人气一般，但他长得很像一个当红小鲜肉，我们也是看中了这一点，那次见面会过后，他的人气和粉丝数量几十倍的暴涨。”

舒灵想起来了，那位“吃鸡界”主播，的确一夜成名，业内周知。

舒灵还在纠结和为难，又问：“这次是强制的吗？”

关享打趣道：“现在谁还敢强制你啊！”

舒灵：“什么？”

关享似乎在对嗅嗅跳槽一事耿耿于怀：“秦总对你关爱有加，我现在可不敢乱提要求。”

舒灵：“……”

关享：“哈哈，不然你再考虑考虑？不过要尽快，我们好做安排。”

这样也成，舒灵回：“好，我明天给你答复。”

当晚，下了播，还没吃晚饭的舒灵叫了份烧烤，风卷残云地解决掉。她摸摸肚子，打了个饱嗝，靠在椅子上，为见面会的事发愁。

她其实不太爱抛头露面，总觉得这样是制造麻烦，给自己添更多乱，但也有过不少本来名不见经传的主播见面会后人气激增的案例，她何苦和钱过不去?

视线四下搜寻，舒灵突地扫到了书架上的粉猪储蓄罐。有了！她从兜里摸出一枚一元硬币，拇指一掂，银色的硬币翻到半空，坠回桌面，旋转着。

正面是去，背面是不去。

转了好一会儿，硬币终于“啪嗒”一声，停了下来。

舒灵凑近去看，是正面!

看来老天都在劝她还是得多挣钱，别浪费任何资源。

去就去吧，舒灵想。

活动了一下手指筋骨，舒灵从椅子上弹起身，跑跳到卫生间，盯着镜子里的自己。

她扯了扯稍显凌乱的发尾，想着要不要修一下头发……

一周后，官方放出活动信息。

舒灵把它转发过来，粉丝们情绪激昂，欢天喜地，嚷嚷着终于可以见到“老公”真人了。

非魔都本地或距离较远的外地粉丝，在艳羡的同时，也要求她举行全国巡回见面。

这让舒灵更加紧张拘谨，她高中一毕业就接触直播了，大多时光都是一个人在家度过。

高中时，老师叫她做个英语演讲，她都支支吾吾的，甚至绷不住脸地笑场。

别看她在屏幕后能滔滔不绝、对答如流，等动真格上了台面，实际她是个怯场大王。

下了播，辗转反侧，思考着那天的出行着装。

脑子越想越精神，她摸出手机，打开直播APP，看了看自己黑黢黢的房间。调到后台，聊得最多的还是那个叫“秦冕”的粉丝。

他怎么还没改名字？这人怎么不听话呢!

舒灵皱皱鼻子，点进去，问：“‘爸爸’，睡了吗？”

对面居然有回复：“怎么了？”

舒灵的眸子亮了几分："还没睡啊？"

秦冕："嗯。"

舒灵："你看到我的活动通知了吗？"

秦冕："看到了。"

舒灵："你会去……"她莫名地脸热，"看我吗？"

秦冕："会。"

舒灵惊喜："真的啊？你是哪里人啊，会不会太远啦？"

秦冕："我就在魔都。"

舒灵："什么！"

秦冕："嗯。"

也不知道这个每天心甘情愿为她花钱如流水，还耐心听她说悄悄话的"爸爸"，到底长什么样。

舒灵的小心脏倏地飞起来："你看到我了，要发消息给我哦。"

秦冕："好。"

舒灵指尖停顿，咬了咬手指，又笑着问："我也很想看到你哎，你在台下做这个手势好不好？"她发了个摇滚的手势。

舒灵："然后我也回一个这个，这是咱们的接头暗号。"

秦冕："……"

舒灵："这么摇滚，很酷的，适合我。"

秦冕："不合适。"

舒灵有点失望："好吧，会有个签名的流程，你来签名时，悄悄跟我说一句'天王盖地虎'，我就知道是你啦。"

秦冕："……嗯。"

见他老是无语，舒灵安抚道："你放宽心，千万别紧张、别害怕，我不算丑的，虽然不是什么黑长直女神级，但真的不丑。"

秦冕："嗯。"

舒灵："我只提前告诉了你我不丑哦，别人完全不知道我长什么样的。"

秦冕："嗯。"

舒灵："嘿嘿，'爸爸'，你早点睡。"

秦冕："晚安！"

一周后，舒灵提前来到魔都，和表哥吃了顿饭。

翌日就是风云见面会，他们五位主播，提前接到通知说在某个场馆集合。

舒灵戴上通行证，被一个穿工作服的女孩带到了碰头地点。通道里，摩肩接踵，她低着头，快速走过。

到后台时，她也见到了其余的四位主播，都是男孩子，年轻的男孩们看起来各有不同，唯独她一个人是女的。

一行人见到她，眼底闪过惊诧，随后笑了起来："咱们国服'李白'这么漂亮啊！"

舒灵抓抓头，听着他们做自我介绍，瞥着他们胸口的牌子认人，一一打招呼。

几位小哥哥都很客气随和，找了沙发坐下，就一见如故地聊了起来。

工作人员拿了几瓶水过来。

舒灵听着他们交谈，天上地下，话题甚广，也不大好意思插话。

一会儿，一个戴眼镜的小哥领着好几个穿制服的安保人员进了房间，提醒他们可以出发去台前准备表演赛了。几个主播迅速起身，舒灵心跳加快，不断鼓气又吹出，深呼吸，缓和慌乱的心绪。

跟着出了门，此刻外围通道已经是黑压压的一片。

这么多人？舒灵瞠目结舌，匆忙敛目，位列最后，走在保安内侧。

就她一个女孩子，自是显眼注目。很快，就有粉丝认出了她。

"啊，幺幺灵！"

"好可爱啊！"

"'老公'！我爱你！"

一时间，号叫欢呼声，相机快门声，应援物的清脆击打声，响彻耳畔。幺幺灵的名字盖过其他任何声音。

她牌面这么大的？舒灵意想不到，胸中剧烈轰隆。

要不要抬眼和粉丝打个招呼？要怎么挥手比较不僵硬啊？思绪汹涌翻转，舒灵还是什么都没有做，她只能感到两侧人影幢幢，粉丝们紧追她的步伐，尖叫不断，亢奋而激动。

这群女孩子也太可爱疯狂了吧！别那么激动啊！喂！注意安全啊！

她小小的身板，能感到那种愈发鲜明的推搡。

舒灵提心吊胆，害怕人群失控，好在广场的等候室就在前方，她长舒一口气。

“扑通”一屁股坐下，她“咕嘟咕嘟”地喝水，有点虚脱。

呼！不知怎么形容，她很紧张，也很振奋，粉丝的这份厚爱，也许不到这里，她很难体会到。

情绪波动的后遗症很快来了，舒灵有些尿急。一会儿就要上台打比赛，钢铁膀胱也扛不了那么久。

坐立难安片刻，她问了一个小姐姐卫生间的位置，后者领她走到后门，指了个方向。

舒灵点头，直奔出去。

天气很好，日光煦暖。

舒灵缩头缩脑，才走出去没几步，右方突地传来一声：“幺幺灵！”

她瞪眼惊讶地看过去，果不其然，有个扎着马尾辫的姑娘指着自己。同时，她的身后成群结队的人都望了过来。

舒灵想说“别啊，我不是”，可是晚了，粉丝已经飞奔而来。

舒灵慌张地后退两步，小小的身躯瞬间被包围。

喧闹异常，表白如浪，有笔杆子递过来，七七八八的本子、纸张，争先恐后杵到她的眼下。鲜花、礼物错乱地往她的身前推挤。快门的声音“咔嚓咔嚓”，闪光灯刺着她眼睛。

舒灵措手不及，脸涨得通红，真要被吓尿了。

她给好几个人签了名，结果更多的人闻风而至，将周围堵得水泄不通。

救……救命！舒灵只觉密不透风，喘不过气。

也是此刻，一辆全黑的宾利车停在附近。从副驾上走出一位西装革履的男人，他大步流星地往这儿走。

“不好意思！让一让！让一让！”男人嘴上虽客气着，动作却分外强势地拨开人群，直接把被裹在里面脸红成柿子的舒灵给扯了出去。

手腕被捉住，舒灵诧异地抬眼。把她拉出去的是汤助理。舒灵的脚跟还没站稳，已经被拉走，头也不回地往车那儿走。

替她开了车后门，舒灵还来不及看清里面坐着谁，就已经被推了进去。

汤助理坐回前排，车身启动，抛下人群。

舒灵的心落下，解脱地仰靠到真皮椅背上，眼一斜，见身畔坐了尊大佛，她一下直起了上身，正襟危坐："……秦总好。"

穿着西服三件套的男人答道："嗯。"一如往常，不苟言笑。

瞄了瞄他高耸笔直的鼻梁，舒灵撇撇嘴，望向窗外。那些粉丝已被甩得老远。

"吓死了吧？"汤助理笑呵呵地回头。

"嗯，吓死了。"舒灵抚着胸口。

汤助理抬了抬下巴："要不是秦总注意到了，让我过去，还不知你要被堵多久呢！"

嗯？舒灵望向秦冕，怔了怔，立即说："谢谢秦总，救我于水深火热！"

汤助理添油加醋："你还真别说，能让秦总的豪车接送的也只有你舒主播。"

舒灵深知秦冕一直以来对自己的照顾和提携，一边点头如捣蒜，一边加重语气道谢："真的很谢谢秦总的关怀！没你我估计也不会在这儿了！"

"没什么，"男人嘴唇轻启，"没你我也不会在这儿。"

嗯？舒灵眨眨眼，这句话怎么有点诡异。

汤助理心领神会，不再凑到后排瞎侃，弯着眼转回头。

又是熟悉的冷场氛围，舒灵也不知怎么开口了。好一会儿，她终于找到共同的话题突破口，说道："秦总，上次你在微信上和我提到的那件事，我跟那人说过了，也和他讲让他改ID名了。"

秦冕眉梢微挑，问道："他改了吗？"

舒灵嗓音骤弱一度："还没……你别气……我会继续监督他的！"

“哦……”他应得有些意味深长，又说，“他应该不会改。”

“不会的！我会催他的！你一定不要因为名字的事跟他置气啊！”千万别生“我爸爸”的气，他要是被封号了，我也不想直播了。舒灵在心里含泪补充。

“我气什么？”男人倏然低笑一声，换上笃定的口吻，“但他肯定不会改。”

舒灵困惑地望过去。

此时，身畔的男人已经敛眼，拿出手机，心无旁骛地按着屏幕。

舒灵也收回目光，那种诡异感再度萦绕，且愈发鲜明。

她想不明白，低头抠手的时候，突地，一部手机被递到她眼下，屏幕显示的是备忘录的界面。

舒灵遽然瞪大眼，瞳仁晶亮，似难以置信，只因那上面有一行小字——天王盖地虎。舒灵周身石化。等反应过来后，她只想破窗而逃。

这哪是什么豪车，这分明是辆灵车！

09

车内无人说话，异常安静。

舒灵想着，她需要多大的心力才能接受这个事实——无论在公众场合，还是在私底下，那个能让她心心念念、各种撒娇发嗲、卖笑亲昵地喊“爸爸”的对象，竟然是真秦冕！

舒灵的心脏在经历过急剧的下坠后，已经变成了一种失重的麻痹感。

女孩的反应无疑让秦冕发笑，他简直快绷不住唇角的弧度了。

直到此刻，她还错愕地半张着嘴，一副大脑放空的样子。好一会儿，她的眼睛中才显现出一点光彩，她垂死挣扎，喃喃地问：“这是真……真的吗？”

男人颔首，一切尽在不言中。

舒灵脑袋一垂，不想跟任何人说话。

不是吧！即使装死，她的内心还有三万个喇叭在怒号。

是要和这个人说对不起，还是问他为什么要骗自己？

舒灵的手抵住鼻尖，瘪着嘴，急得都想哭了，需要解释点什么吧。可此刻，她的身心如核弹过境，面目全非。

舒灵开始回忆每一个细节，想从中找到可能出现的问题。

可事实上，一点问题都没有，直播间那个“秦爸爸”的行事风格和言语习惯，都跟面前这位如出一辙。

甚至一开始，他就主动承认过自己是秦冕，她却一直认为他是在开玩笑。那个人怎么可能真的是秦冕？！她再度在心里咆哮。

“我以为……”她小心翼翼地瞄了眼秦冕，男人仍在注视着她，目光淡静，气定神闲。

舒灵小幅度地往后缩了几厘米：“我真没想到那个人是你……”

“说说看，下一句是什么。”秦冕掂掂手机，问她碰头暗号的内容，似乎并不在意真相大白后舒灵的反应，甚至没什么得逞后的快意。

舒灵目光闪烁：“是……”

“嗯？”

她欲言又止。

秦冕把手机递给她，示意她输入。

本来答案是亲昵娇嗔的“爸爸二百五”，可联系当下的情况，她赶紧换成了“秦总两米五”，并把手机送了回去。她急需鹤顶红、百枯草、三尺白绫、万丈高楼，每种死法都可以来一次。

她的那些自作聪明、自以为是，还有说蠢话的样子都暴露在自己的大老板眼前了。

“哦，”秦冕拿回手机，恍然间，他有了笑，“我都没一米八五。”

“已经很高了，像我只有一米五，秦总踩过去了都不知道。”舒灵下意识地拍起马屁，反应过来，她只想掌自己的嘴。

男人没笑，反倒愣了愣，瞥了她一眼，“不叫‘爸爸’了吗？”问得可谓是相当自然，毫不给人留面子。

这个玩笑，直教她想拿两把刀直插肋骨和心脏！

问世间还有什么死法？她不愿再受这般凌迟！

“噗”的一声，前座的汤助理闻言，忍不住笑出声来。

猜测着也许这两人会趁着这次机会开诚布公了，他回头：“哈哈哈哈哈，舒主播，老板对你是真的好吧！”

拿人手短，吃人嘴软，舒灵在心里骂着人，嘴上却笑嘻嘻地答：“秦总对我好得很，好得很，想不到，想不到。”

“所以你今天表演赛要好好努力啊！要给咱们‘乐玩’争面子！”

“好的！好的！”

卫生间所在的场馆近在眼前，舒灵要下车了，连随时准备落荒而逃的姿势她都就绪摆好。

车锁一开，道了声别，舒灵麻溜地开门下去。

刚带上车门，秦冕忽地叫住她：“舒灵。”

“……嗯？”本名从他口中出来，令她微微一怔。

“别有压力，对我是，对比赛也是。”男人坐在昏暗的车内，仰着脸看她，日光沉淀到他的眼底，他的瞳孔闪着温和的琥珀色。

“好……”

你鼓励就鼓励，这样叫我干吗？压力简直堪比驮了一整座珠穆朗玛好吗！

秦冕又笑了，为女孩根本遮盖不住的神情，还有她掩盖不住的心理活动。

他又说：“有话回去说，专心表演赛。”

还要回去说什么啊？！

大老板好好说话啊！

求求你了，我们还是可以回到曾经纯粹简单的上下属关系的！

“好……的……”舒灵慢吞吞地答。车窗慢慢升起，豪车呼啸而去。

舒灵虚脱地耷拉下身体，脚软、口干、身体虚弱，想找个树干扶一扶，“迷之面基”的副作用太强大了。

阳光刺目，舒灵揉揉眼，欲哭无泪，为自作聪明的自己，也为她一去不复返的纯纯“父女”情。

卫生间门外站了名女工作人员，见到她从里面出来，就对她笑道：“舒主播，你好啦。”她举举工作牌，说明自己的来意，“秦总托我来接你的，怕你不识路。”

舒灵眨了眨眼：“嗯……谢谢……”

跟着马尾辫小姐姐回到赛场，一路上，不用再见到秦冕，她的心境平缓了一些。

露天表演赛在即，她被告知要和另外几个主播上台。

她还在对家“好游”的队伍里碰到了一位“老熟人”——嗅嗅。

俊秀的年轻男孩也瞄了她一眼，微微一笑，并无敌意。

舒灵一怔，敛目继续朝台前走。

男主持人笑着介绍他们，提到幺幺灵时，台下又是一阵浪潮。她只能客气地笑笑，双手合十，感激粉丝的痴迷和喜爱。

她下意识地扫了一圈，好像没见“爸爸”，哦不，是秦总的身影。

她松了一口气，感到万幸。

简短的仪式过后，他们各回各位，表演赛即将开始，主办方为他们准备了手机和账号。

舒灵拿到的手机，和她自己的是同款，账号名字是“乐玩幺幺灵”。

连麦戴上耳机，同队的男声嘈杂，也把场下的一切隔绝开来。

开房组队时，也不知是凑巧还是故意，“好游嗅嗅”正好在她下方。

主持人笑着说了句“这算是宿命重逢”，现场观众也跟着笑。

只是这一切，戴上耳机的舒灵暂时是听不见了。

BP环节，对面不假思索搬掉了“李白”，他们团内还有位“打野”很强的选手，所以舒灵让出了“打野”位，去了“中路”。

她拿了“诸葛亮”，扫了眼对面嗅嗅的“不知火舞”。

一哥一姐的对抗，这算是曾经欠下的复仇之战吗？

在基地出现后，身穿风衣的“数学老师”甩出三道白光，冲“中路”直奔而去。

其实舒灵“诸葛亮”玩得不算太多，就六十多把，但胜率是

100%，这是最可怕的，也是最骚的。而对面嗅嗅的“不知火舞”，曾上过国服。

家里有人拿了“露娜”，对面果不其然来“反蓝”。于是“下路”也马不停蹄去敌方“野区”换了“一蓝”。

舒灵趁着第一波兵线抢先升到2级，直奔对面“野区反猪”，她拉到了很刁钻、很难让人发现的角度，但拥有顶级意识、异常敏感的嗅嗅已经察觉到她的举动，追了过来，把她挑起。舒灵超快地位移开去，躲开一柄直飞而来的折扇。

一轮厮杀，两人都被消耗到只剩半管血。

就在大家以为舒灵的“诸葛亮”要走的时候，他突地回头，一道“东风破袭”把正要拉脱的“丝血野猪”给打死了，还骚气地扭了下身，避开“火舞”再度丢来的扇子，成功逃脱回中路“塔”下。

金币和经验收入舒灵囊中。台下欢呼，解说也笑了声。

MOBA类游戏几乎都是“经济”基础决定战局胜负，这一点在“王者峡谷”这样的快节奏手游里尤为关键。

曾经有着“峡谷孤儿”之称的舒灵，罕见地四处游走支援。她的意识并不差，很多时候都是为了直播效果，主播的个人秀远比普遍的团战更能调动观众的情绪和氛围，毕竟大家喜欢自信孤勇又秀得飞起的英雄。

所以，几波小团战，“乐玩”这边的“经济雪球”越滚越大。

嗅嗅的“火舞”不落下风，见她就切。

在中期的大龙争夺战里，舒灵提早做出的金身起到了关键作用。一个“无敌”躲掉了大量控制技能，舒灵顺利收割，十五颗星被动闪烁，如银河在她身侧旋绕，所过之处，寸草不生。

二十分钟后，比赛结束。

复仇成功，舒灵笑着替自己鼓掌。

第二把，嗅嗅选了本命“王昭君”，阴人功夫一流，在“野区”把舒灵这边“打野”蹲得想打人。

所以，“好游”的优势更大，取得胜利。

第三把，舒灵终于拿到“李白”。这个英雄，她早已玩得天人合一，如鱼得水，节奏全权被她掌控。

势如破竹地碾压对面，直到“水晶”前，她一个“四杀”奠定胜局。

白衣剑客在头顶发送气泡框挑衅，直接越“泉”，就是这么狂，无人能挡。

最终“乐玩”取得胜利。掌声如潮水，欢呼若雷鸣，主持人激昂高亢的声音近在耳畔。排山倒海呼啸而过的，是她的名字。

气氛感染着所有人，他们的队伍被重新请到台前，给观众鞠躬时，舒灵也忍不住地笑着。

等上身完全抬起，她几乎无意识地将目光投向观众席。放眼观众席，人头攒动，应援棒挥舞飞旋，晃花人眼，她没有看到秦冕的身影。

虽然她知道今非昔比，可她还是忍不住想要把胜利的喜悦分享给秦冕。有些东西一旦成了惯性，便不是一刻能冲淡和修正的了。

莫名地失落，敛回视线，下一秒，舒灵遽然瞪大双眼。因为那人居然坐在最前面的贵宾席，面带笑意，遥遥地看着她。

她下意识地往后面看，却没想起他身份特殊，自然会被安排在最好的位置。

舒灵一愣，恍惚间，大胆的猜测油然而生。她竟觉得，秦冕就是在等她，等她找到他。

这一切很快就得到了印证。

女孩笑了出来，那笑容是灿烂的、可爱的，因为那个西装革履、与身后所有人都格格不入的男人，突地对她做了个手势。

但那个手势不是她昨天提议的，男人直接却又无比贴切地竖了个大拇指。做完后，他就把手搁了回去，但舒灵还是尽收眼底。

他在夸她吗？反正他肯定是在给她点赞！

对啊，她这么秀，这么亮眼，这么给他争光，他怎么会不夸奖她！

舒灵突然膨胀到极点，心如充进了氢气，“哧溜”一下，像是要飞上天。

舒灵回了他一个“V”的手势，那是代表胜利的手势。一个手势还不够宣泄和表达她快要冲出胸腔的亢奋和得意。她的两只手都高举到身前，各比画着一个“V”的手势。

她知道他在看她，她是全世界第一棒！秦冕在台下，看着咧着嘴笑的女孩，她无法掩藏笑意的脸让他移不开眼，他脸上的笑意也渐深。

人潮汹涌，欢声雷动，有一份会心之乐，只属于他们两个人。

10

翌日，坐着公司派遣的专车回了家，舒灵步伐还飘忽忽的，感到不真实。

满脑子都是台下男人对她的笑，昨夜的梦境也再现了白天的场景，他就坐在那里，眉眼浓郁，眼睛舒适地眯起，面庞被天光点亮。他所有的神情、所有的深意，只有她读得懂。

想到这儿，舒灵的脸微微热起来。

原来他不是一个讨厌的人，他也不讨厌她，不讨厌他们之间的小秘密。尽管他是她的顶头上司，平常不苟言笑、一本正经。

再想起，平时自己一口一个“爸爸”叫得那么骚气油腻，他都听在耳里，舒灵就感到羞耻，即使舒灵脸皮厚，也受不了这样的真相和回忆。

不过，秦总为什么老看她的直播呢？掐指一算，这几个月，秦总给她的打赏少说应该也有二十万了。他这人很会做生意，反正又不是全给她，打赏的20%不还是回了他自己的钱包里。

躺在床上，舒灵翻出自己的手账本。

每个观众给她打赏过的金额，她都会一一记下，合计一番，她发现秦冕居然在她直播间里花了有六十多万。

秦总果然大气。

她居然嫌弃秦总操作垃圾，结果还不是要靠这种人站住脚跟，养活自己。

舒灵惭愧不已，默默地打开微信，把秦冕的备注从“臭脸秦总”改成了“大气的秦‘爸爸’”。

这么一改，她心里好过多了。

他们的聊天记录还停留在上次她因为嗅嗅的事发脾气闯祸之后，他过来找自己谈话的内容上边。

原来，脱离了公司老总的身份，他还变相地在暗地里给了自己好多帮助。

舒灵不由得愣怔，不一会儿，她又脸红起来。至于脸为什么而红，她也不是特别清楚。

自从知道直播间里的那个人真的是秦冕后，舒灵就觉得自己变得怪怪的。就像现在她都不知道自己为什么要盯着聊天记录发呆，脸还像是被丢进蒸笼里一样热。

唉，不想了。舒灵甩甩脑袋，突地想起上次微信被这个人拉黑了。她现在还蹲在小黑屋里吗？他应该不会那么好心肠地把她放出来吧？或者他日理万机，都忘了这档子事呢。

舒灵不禁好奇，顺手发了一个字：“喂。”

系统不再提示消息拒收，她被“无罪释放”了啊！

有如偷窃被当场抓包，舒灵赶紧撤回刚刚发出去的消息。她猛地又想起来，就算是撤回对方也能知道她发过信息，现在撤回反倒显得她做贼心虚。

她为什么要做这种蠢事？舒灵懊悔地拍了拍脑门。

少刻，对面回了一个问号。

舒灵无语，装死是不行了，不理更不行，她只好硬着头皮，装熟络：“秦总，我到家啦，谢谢公司的车。”然后她补了一个跪下的表情包。

秦冕：“哦。”

看着秦冕冷淡的回复，舒灵有点失落，鼓了鼓嘴，接着回道：“嗯啊。”然后，她又发了一个笑嘻嘻的表情。

她要保持友善语气，当一个合格的下属。

秦冕："为什么要把信息撤回？"

他看到了？舒灵险些滚下床。

就在她抓耳挠腮，不知该如何解释时，秦冕又说："不叫'爸爸'，也不叫秦总，直接'喂'？"

舒灵恍然大悟，赶紧解释："不是的！不是的！这个'喂'是疑问口气。"

秦大佬这才满意："嗯。"

舒灵："别误会，我很敬重您的。"

趁着这个机会，舒灵想把之前的一切都说清楚："以前我真的没想到你就是直播间的秦总，有点没大没小了，对不起了！"

她接着敲字："我还老撺掇那个你……改名字，其实我是担心你真的会生气，导致直播间的你……"写到这里，舒灵突然写不下去了。

秦冕："没什么。"

舒灵："我以后不会这样了。"

秦冕："为什么？"

舒灵："……"难道您不觉得这样诡异的"父女"CP很不妥吗？？

舒灵："之前我以为是粉丝，觉得这样也无所谓，现在我知道是您本人了，再这样就有点胡闹了。"

秦冕："是很胡闹。"

舒灵在这头也点头："是啊。"所以要就此终止啊，她都觉得过了，尽管舍不得。

落寞在心中膨胀，舒灵哈了口气，自我安慰地问道："不过我的直播挺好看的吧？"

秦冕："全平台只有你的直播我每天都看。"

舒灵来了点精神："是啊，也谢谢你每天送我那么多'航母'。"

秦冕："你的劳动所得。"真正经，这话让她怎么接？

舒灵只好回："嗯。"

对面不再接话，冷场了。

没有了在"爸爸"面前的肆无忌惮、无所顾忌，那种被包容、被宠爱的感觉也荡然无存。

昨天比赛时，明明很好呀，他们心有灵犀，默契十足。

不过，也许只有那一刻，他们是心有灵犀的，又或者，他的喜悦不是为了她和他们两个，而是为了全平台的胜利和荣誉，仅此而已。

好气啊！神经比水管还粗的幺幺灵也变得患得患失起来了。

为了打发时间，舒灵玩了别的手游一下午。晚上七点，简单吃了点东西的舒灵准时上播。

她下意识地瞄了眼贵族席，排行前三名的粉丝里没有他——那个粉丝等级40多拖着金灿灿标签看上去就非常财大气粗的“秦冕”。

不知道他还会不会来。

舒灵稳了稳心绪，深吸一口气，开游戏和大家打招呼，可她的目光总是往电脑上飘。弹幕因为她昨天的首次露面，从成片的老公，变成了“想娶‘110’当老婆”“好可爱”“不开镜头恐怕是怕大家光看脸而不注意操作”“一个偶像派女主播非要走实力派主播的路线”“求开摄像头！看过现场视频，我已无心看游戏！”……

今天的直播间也上了“乐玩”官方首页推荐第一位，官方给了她一个新代号——一只最萌的萝莉，一手最秀的“李白”，结果她的人气暴涨到三百万。

除去固定粉丝的日常吹捧，弹幕里多了不少隔壁英雄联盟区慕名而来的看客，污言秽语也多了不少。

舒灵很是心烦。尽管今天给她打赏“巨轮”“航母”的人更多了，但她的目光还是忍不住地往贵族席里瞟。她在等一个名字，等他像往常一般坐进去，占地为主。

半个小时了，贵族席里还是没有他的身影，他果然不来了。

这是不是就是传说之中的“见光死”诅咒？

可他之前又不是没见过她。

“大杀特杀”了一局后，舒灵又开了一局排位赛。始终提不起劲，她垂着眼刷“野”，开始想方设法地跟粉丝吹牛。她突然想和大家聊聊昨天的事。

“你们知道我们直播间人气特高的‘秦爸爸’吧？他昨天也来风云会了。之前我和他约定在我签名的时候对个暗号互相认识一下，暗号是‘天王盖地虎’。没想到他真的去了风云会，还说了我们约定的暗号。你们猜我回了什么？”

弹幕纷纷调侃，不断地刷着“灵灵一米五”。

“去去去，我说的是，爸爸二百五。”说到这里，昨天发生的一切好像都浮现在了她的眼前，女孩忍不住笑出了声。

“哈哈哈哈，太好玩了。可惜我没注意看他的表情，不知道他是什么反应。”

趁他不在，把想说的都说了。开心的理由，没有找不到，只有不去找。

就在此刻，突地，左下角飘过一艘“航空母舰”，这艘“航母”来自秦冕。

舒灵还沉浸在自己的回忆里，偷偷脑补秦冕听到这答案会是怎样的一张黑脸。

余光中，电脑屏幕上已是密密麻麻一片弹幕。

下意识地扫过去，她浑身一僵，看到了秦冕的“航母”，自然也看到了满屏的“秦总大气大气”。他什么时候来的？一下子，舒灵蒙了。

但很快，万千弹幕之中，飘过一行专属房管和超级粉丝的鲜明字条：“还是这句好。”

11

当晚，下了播，舒灵辗转反侧，一闭上眼，脑子里仍是秦冕那天在台下对她笑的样子。

那笑毫无距离感，像把一切浓烈的情绪都推到她的眼前，周遭都变得暗淡，唯有他的笑容熠熠发光。

她又想到他今晚在直播间里鲜见的发言，他说他更喜欢“爸爸二百五”这个暗号。

舒灵觉得自己出了点问题。不，还不是什么一丁点大的小问题，是大问题。她的心情在变质，她能清晰地感知到。在接下来几天的直播，秦冕还是会照常过来，高兴了就给她送“航母”，但舒灵发现，她心湖里的快乐泉眼，并不似往常，来自那几千、上万的金钱嘉赏，而是从秦冕的名字出现在她直播间贵宾席的那一刻起，她的心就如破笼而出的鸟儿般，亢奋地啼鸣起来，甚至一声高过一声，只要他坐在那里，她就想引吭高歌，唱给他听。

她开始在意自己在直播间的表现；她开始有意识地限制粗口，以往争“蓝”抢“红”连个小兵都要蹭的她，变得礼貌谦让，惹得粉丝都说她长大了，开始变得成熟懂事了；她开始不太好意思把“爸爸”两个字叫出口了，尽管他在不久前表达过对这个称呼不反感；她开始在他给她打赏后，弹幕里满是他名字的时候，倏然脸红，骚话也会因此卡壳。

这是暗恋吧？是女孩子对男人的喜欢。舒灵懂事得并不晚，她能分辨出这份感觉的倾向，可她从没有过这样的抓心挠肝过。

心情完全被主宰、被统治，尽管秦冕并没有做出与过去不同的事，可她的心境已经偏离轨迹，改变路线。她的心情从澄澈见底的海水中，来到浓郁粉嫩的花丛里，还会有灰闷的阴天和潮湿的雨天，在他不出现在她面前的那些时间里，花朵们耷拉下了柔软的脑袋。

又是一个夜，舒灵下了直播，打开微信，盯着秦冕的头像发呆。

他已经取代了她心里有神一般地位的表哥，成为新的置顶好友。可上次过后，他们没有再聊过天。

舒灵没来由地委屈，打开聊天框，打字：“你睡了吗？”发还是不发？纠结片刻，舒灵摁下确认键。

对面很快回了个问号。

他还没睡，而且还回得这么快。她心里又如阳光照满大地，明媚无比，回：“我也没睡！”

秦冕：“你怎么还不睡？”

舒灵：“我失眠了。”想想她又心机地添上了几个字，“好久了呢。”

秦冕：“多久了？”

找到话题了，好开心啊！舒灵笑眼弯弯：“好久了，每天都睡不着，要想好多事情。”

秦冕：“以后把事情放白天想。”

舒灵：“白天也想呢，无时无刻不想。”

说完，她脸暴热，把抱枕埋到脸上，这种肉麻兮兮的情话她也能说出口。

闷了一会儿，她又腾地撇开枕头，疑惑对面怎么不问她在想什么。结果这男的压根儿不问她想什么，擅自做主给她提供答案：“想‘航母’啊？”

眼底明珠一般的剔亮暗下去，舒灵揉揉鼻子：“对哇！”

秦冕：“明天多送你几艘，早点睡。”

舒灵：“哦。”

秦冕似乎对她的反应颇为诧异：“哦？”

舒灵：“嗯？”

秦冕：“就‘哦’？”

舒灵：“谢谢你！”

秦冕：“主语呢？”

这人要不要这么得寸进尺、骚里骚气，她明明都不想叫“爸爸”了。舒灵忍辱负重，一字一顿，用力打下：“‘爸爸’，谢！谢！您！”

秦冕：“嗯。”

什么人啊！舒灵说完晚安就搞不懂自己了，在心里控诉，怎么会喜欢这种大变态。贼喊抓贼，她似乎完全忘了当初先行叫“爸爸”的明明是她自己。

后几日，秦冕果然给了她比前几天要多双倍的打赏，可谓非常大气。

某天，下完直播，舒灵又有了去骚扰他的理由：“打赏太多了，我都不好意思了。”

秦冕：“呵呵。”

他这个笑，搁一般人那妥妥的是嘲讽之意，可舒灵知道他与常人不同，所以这个“呵呵”还挺值得琢磨深究的。

不再细想，舒灵想到今天弹幕里又狂刷的父女CP，拐弯抹角试探他：“‘爸爸’，你会反感吗？”

秦冕：“什么？”

舒灵：“我粉丝老把我俩绑CP。”

秦冕：“不会。”

不会？不会！他根本不排斥和她搞CP，舒灵的心也跟着昂扬，继续得寸进尺道：“可是我也老大不小了，以后谈了对象，我俩再这样，我男朋友生气吃醋怎么办？”暗示得这么明显了，老哥你不会还看不出来吧？

秦冕：“你谈恋爱了？”

舒灵：“没啊，我以防万一，要把一切考虑周全。”

秦冕：“有这个想法了吧？”

一针见血，舒灵僵住，承认了：“是啊。”

秦冕：“你可以提前告诉我，我不会再去你直播间。”

膨胀的快乐又蔫了回去，舒灵干巴巴地回：“那我的‘游轮’呢？”

秦冕：“我也不会再送。”

舒灵：“这么绝情啊，呜呜呜呜。”

秦冕：“这是为你好。”

舒灵：“哦。”

气不打一处来，舒灵咬咬牙，又问：“你女朋友不烦你每天晚上看别的小姑娘直播吗？”

秦冕：“我没女朋友。”

咦，舒灵坐了起来，眨巴眨巴眼，下一秒，她突地想起曾经那个趾高气扬的陆女神，又倒回床面。

他们本来就不是一个层次、一个世界的人啊！她都忘了这茬了。

舒灵闷闷不乐：“我睡啦，‘爸爸’晚安！”

秦冕：“嗯。”

她把手机塞回枕头底下，翻了个身，可心情并未在把秦冕无情甩到背后的举动中爽快起来，还是闷，烦闷、郁闷、沉闷、气闷，总之就是闷，哪怕她根本没把头埋在被子里。

想着想着，她又把手机拿出来，瞅了眼微信，秦冕也没再回她了。

舒灵打开他的朋友圈，发现这人的生活乏善可陈，朋友圈里全是大会的照片或者链接分享。

上流商务人士冷漠而疏离的世界，她一无所知。与此同时，她也发现自己其实对秦冕所知甚少，而她到现在也不清楚自己喜欢的到底是直播间那个“秦爸爸”，还是三次元里真实的秦总，哪怕他们是一个人，可他们是不同的部分。

舒灵决定搜搜他的名字。她打开百度，输入秦冕，跳出无数网页，没有花边新闻，没有小道消息，所有信息都正式而规矩，无一不联系着“乐玩TV”，仿佛秦冕这个名字以及他背后耗费的所有精力与光阴，都是为原先只是个空壳虚名的“乐玩”，注入了饱满的血肉与立体的灵魂，如潘多拉般，让她盈盈独立，让各个平台如雨后春笋般层出不穷地脱颖而出。

他真的一点八卦都没有欸！翻着翻着，舒灵的心情又阴转晴，脸上咧开了笑容，直到她的视线定格在一个视频网站的人物专访上面。这个专访是上个月的，还热乎新鲜，点击量也不高。

舒灵点进去，目不转睛地看起来。

秦冕这个人，真的不善言辞，全程由主持人引导，无聊而枯燥。可她还是看得聚精会神，快到结尾时，舒灵听到主持人问：“创办‘乐玩TV’这两年，秦先生一定也接触过不少旗下主播吧，有比较欣赏或者印象深刻的吗？”

“有。”身穿正装的男人不假思索。紧接着，舒灵听见了自己的名字，幺幺灵。

舒灵要跳起来了，也要叫起来了，接下来他还说了什么她也不在意了，兴奋得脸通红，她在他的心里是深刻的、特殊的、独一无二的！她开心死啦！

舒灵立马切出去，回到微信，给秦冕发了个可爱兮兮的笑脸。一个还不够，她发了十个过去，要当他的霸屏小公主。

明天他醒来，打开微信，看到的就不会是她丧气、憋气、拗气、闹脾气的“睡了，晚安”了，而是她满当当的喜悦。

过了一会儿，舒灵没有等到秦冕的消息。

有些急躁的舒灵忍不住主动出击发消息给秦冕：“我好像喜欢上了一个人。”

秦冕：“是谁？”

舒灵：“你。”

秦冕：“我不会对你有这方面的想法的。”

一瞬间，心腔被偌大汹涌的失落和难过填满，舒灵皱眉：“为什么？”

秦冕：“什么为什么？”

不过须臾，从云端到泥潭。联系刚才的视频，明明自己对他而言是特殊的啊！和别人不一样的啊！

舒灵鼻头发酸：“为什么没有？因为我叫你‘爸爸’吗？你还真把我当什么闺女了吗？你就那么喜欢这种角色扮演游戏吗？”

是的，是她先开始的，她就是个万恶不赦贼喊捉贼，到头来还反咬一口的小人。可是她现在不想要这种角色扮演游戏了，她被这个她喜欢着的男人拒绝了。他可以在镜头前不假思索地说只欣赏她，也可以当着她的面毫不迟疑地撇清关系。她仿佛懂得了，懂得了他对她的特殊相待，他言之凿凿的欣赏，他在台下仰脸看着她时，那光芒万丈的迷人笑容，恐怕这些都是建立在他们的雇佣关系之上的。

他关注着她的表现与表演，在平台的风波和成长，满意时就丢点奖赏。他是马戏团团长，而她是高价买来的哈巴狗，每晚上台演出，她穿越火圈，她抬腿趴下，观众掌声热烈欢呼高昂，他被取悦，自得惬意地扔过来一根骨头，再看她更加乐不思蜀地为之卖命。

一切一切，无关情爱。

舒灵早已满脸泪水，拼命地用手背抹着脸颊，泣不成声。

与此同时，另一边的秦冕也愣住了。此刻，他睡意全无，女孩不断传达过来的消息，有如失控的机关枪，咄咄逼人地发射疑问的子弹，似能击穿他的心脏。

他似乎能明白女孩微妙的情绪，可它们来得猝不及防，他除了沉默，不知如何回应。因为半晌聊天框没有再亮起来，秦冕的胸口也揪扯起来。他下了床，去厨房倒了杯冰水，一口气喝下。沉默地坐了一会儿，悬而未决的事情他从不想带到天明，不解决这问题很可能导致他彻夜难眠。比起拖延问题强令自己睡觉，他更想先把它们解决掉。

他拿出手机，从通信录里翻出舒灵的电话，打了过去。

等了会儿，电话被人接起。

女孩声音沉闷，还有浓重的鼻音，傻子才听不出她刚哭过："喂……"

秦冕喉头微动："你在干什么？"

"你怎么会有我的号码？"她还是哭鼻子的语气，委屈巴巴的，轻不可闻，像一朵肆意开放的小花蜷起了瓣儿，变成弱不禁风的柔软。

"……你给我打过。"

"哦……"她抽抽鼻子，"原来你存了啊！"

秦冕："嗯。"

"你存的什么啊？"

"什么？"秦冕不解。

"我的名字，你存的是什么？"

秦冕皱眉，放下手机，扫了眼屏幕，回道："幺幺灵。"

沉寂三秒，女孩子忽然又号啕大哭，哭腔里夹杂着含混不清的控诉："呜呜呜呜，你就喜欢幺幺灵！"她抽噎着，"你就只喜欢幺幺灵……呃嗯，你就只知道幺幺灵好，你眼里只有幺幺灵……你根本不喜欢我……"

钢铁直男甚至怀疑自己拨错了电话，还困惑地拿下手机看了眼。

他蹙眉，不禁唤了声："舒灵？"

本来不受控的对面宛若被按下一个静音按钮，突然没了声音，世界回归清静。

"嗯。"她还在哭泣，轻轻答应着。

"你怎么了？"他问，"跟我好好说。"

对面又安静少顷，才说："我不想再喊你'爸爸'了。"

意料之中，秦冕知道这个纯属娱乐的关系总有终结的那一天，或早或晚。只要她别再哭了，他会答应。

刚要同意，他听见女孩细嫩如风拂芦苇，并无底气却清晰可闻的小小请求："我想让你当舒灵的男人。"

12

话音刚落，秦冕这边一片死寂。

通话里，唯有女孩子尚在抽噎的声音。

半晌，舒灵听不到那边说话，连呼吸都捉不到，她又理直气壮、振振有词："我已经成年了。哪怕没成年，我也有喜欢男性的权利。我以前也不知道会喜欢谁，更没想过会喜欢你，可是就是喜欢了，我有什么办法。"

秦冕："……"

她突然表白的举动，无疑对他冲击很大。其实今晚，他早已模糊地感受到了对面小姑娘的情绪，可是他没想到，她居然这么沉不住气，猝不及防地就把什么都倒了出来。

"反正我豁出去了，秦冕，"直呼过男人名字后，舒灵莫名地害羞，她挠了两下红彤彤的脸颊，"我不想当你的狗了，我要做人，女人。

"啊……"说完后她又疯狂羞耻起来，用气声吐槽自己，"这是什么话啊！"

吐槽完，她又一字一顿地纠正："女的。"

此时此刻的秦冕，仿佛在某个聚会上，被劈头盖脸地喷了一身彩带和雪粒，有点狼狈。

人都会因为这样的事不知所措，甚至是产生一种不设防的不适和恼火。可很快，他们不想扫兴，就会顺其自然地大笑起来，欢呼着跳进光怪陆离的舞池。说实话，他对跳舞并不擅长。

秦冕注意到女孩用了"狗"这个字眼，有些疑惑，问："谁把你当狗了？"

"你把我当狗。"

"这个字不好听，也别形容你自己。"他认真指正她的心态，"为什么不用好点的比方？"

舒灵：“那你说啊！”

“伯乐，千里马。”

舒灵：“……”

舒灵回到主题：“你当不当我男朋友嘛……”她撒起娇来，“呜……你不要转移话题！”

她的声调语气和在直播间时完全不一样，如果在那里是年轻无畏的倨傲狂妄，那么在他面前，就是糯米点心一般的嗔嗲，俗称斩男音。

直男真心吃不消这套。

秦冕一时半刻无法给她具体的答复，这点他很清楚。任何事情都必须是规整的，谨言慎行，男女关系也该如此。他必须告知对方，他们之间的不稳定因素，以消磨她当前脑热所产生的那些不理智因素。

“我比你大了快十岁。”他说。

“我知道啊，百度百科有。”

“我是你上司。”

“办公室地下恋也太刺激可爱了吧。”

“我在魔都，你在金陵，我们异地。”

“我可以去魔都啊！住在你那里都可以的，你要是喜欢一个人住，我就住在你家附近，你告诉我你住在哪里好不好？我明天就行动。”

“你有过感情经历吗？”

“没有，”她还自豪起来，骚话连篇，把自己形容得宛若一颗成熟在即的小水蜜桃，“软嫩多汁，鲜甜可口。”

“……”

“你有吗？”舒灵忽然问。

“你觉得呢？”

“你和……那个陆瑠，”她支支吾吾，“谈过吗？”

“……”

“你是不是谈过很多漂亮小姐姐？”

“我和她是发小，”真想把她的脑子刨开看看里面装的都是些什么，“没谈过。”

“切……”她居然一副失望鄙夷的样子，“我还以为你们有钱人都谈过很多美女呢。”

“……”

舒灵突地惊觉：“你和我说了这么多，是不是已经在考虑我们俩以后的感情发展了啊？”

秦冕：“我在提醒你冷静。”

“我很冷静啊！”

“你很不冷静。”

“我冷静了好久，才导致今天爆发。”她像个搞传销的洗脑员，“你也别冷静了吧，冷下去会憋坏的，你就跟我谈恋爱嘛。我哪里不好啊？答应我嘛！”

又是这种有着棉花糖般一阵阵倾轧在耳膜之上的绵软触感的腔调，秦冕的胸腔起伏了一下。

“‘爸爸’……‘爸爸’……求求你了，‘爸爸’……”她弱声弱气地唤了起来，像只睁着水汪汪无辜眼的小奶狗，在摇尾乞怜。

她不是不想叫“爸爸”了吗？聊不下去了，不折不扣地作弊开挂。骗吃骗喝骗打赏这么久，她早已摸清他到底吃哪一套，他内心深处的癖好，她滚瓜烂熟，了然于心。

秦冕没来由地想起一部曾经看过的片子——《洛丽塔》。

“给我一次机会……”

“‘游轮’我不要了，‘航母’也不要了，”她不知真哭假哭地抽起了鼻子，泫然欲泣地拿腔，“我什么都不要了，就只要‘爸爸’。”

“我每天茶不思饭不想……直播都心不在焉，魂不守舍的，除非‘爸爸’出现在直播间里，我才又有了生命……‘爸爸’不同意，我真不知道怎么直播下去了……”她居然把刀子藏在软和的棉花里，威胁起了他。

秦冕喉头微动，发现自己早已口干舌燥。

“舒灵。”他叫她名字。

“嗯。”她小声嘟囔道。

他憋了很大一口气：“我考虑考虑。”

“嗯？！”女孩回光返照，“你考虑什么？考虑当我男朋友吗？”

秦冕停顿两秒："嗯。"

"我好开心啊！你一定要答应我！"小姑娘瞬间破涕为笑，跳起来，手舞足蹈。她后知后觉地想起会吵到楼下，才"扑通"一下坐回原处，用尖细的气声，轻轻地、温柔地说，"我爱您。"

明明隔着电波，可那小嘴仿佛真的贴在他耳边，呵气若兰，小心翼翼。还用了"您"，一个敬称，更显禁忌感。

秦冕沉醉其中，竟然不自知地笑了起来。察觉后他立马收敛笑意，旋即觉得自己很变态。

活到这么大，秦冕这等家世才貌，跟他示爱的女人自然不在少数，各种类型前赴后继。他从没遇到过舒灵这个套路的，还意外受用。

怕真失了心智，他干巴巴地把舒灵哄得挂了电话。叹了口气，他回到厨房，继续喝水。恐怕真的一夜都睡不着了，秦冕单手撑头，拿出手机，翻了会儿新闻网页，突地想起一个事。

他打开邮箱，找出舒灵曾经的一份个人简历。

首页有她的一寸证件照，他把它放大。女孩神采奕奕，透亮如水的眼光，似穿透了屏幕，直入他心底。

她的笑容极具感染力，否则他为什么也跟着嘴角轻扬?

不是，他在笑什么啊？！似与自己置气，秦冕眉心紧锁，"啪"的一声重响，把手机倒扣回桌上。

13

两个人，几乎彻夜未眠。

翌日，舒灵睡到下午才醒。她梦到了秦冕，可醒来就不记得梦的内容了，但她唇角残存的丝丝笑意在提醒她，这一定是个美梦。

坐在那儿回忆了一下昨夜的表白，以及男人的那些反应，她忍不住捧脸、踹腿，翻来覆去，要开心死了。

她从枕边摸出手机，都快三点了，奶奶也没叫她起床，当然也有可能是她沉浸梦乡如嗜糖而死的猪崽般怎么也喊不醒。

她第一时间就打开微信，目光炯炯地找到了“大气的秦爸爸”的聊天框。可下一秒，一张腮帮子都要笑酸的脸瞬间垮塌下去，接着她咬牙切齿。

喊，都没主动发消息给她。

磨了磨牙根，舒灵鼻子里轻哼，他不来找她，她就黏过去，看他招不招架得住。

她噼里啪啦地打字：“男朋友，下午好！”

秦冕似乎在忙，并未回复。舒灵前后晃着身子等了好一会儿，手机屏幕才重新亮起来。还不是只亮了一下，秦冕居然直接回了电话。

啊！舒灵又元气大增，捶床丢枕头，兴奋了好一会儿，才稳住情绪，但还是笑不可支地接通了电话：“喂——”她的声音甜稠得像拖了道蜂蜜。

“嗯。”

“嗯……”她盯着自己未拿手机的那只手，“你给我打电话干吗啊？”

“想打就打了。”

“哦……”舒灵口形夸张，“是不是觉得回微信太慢了啊？”

秦冕没说话。

“你肯定是嫌回微信慢！”

秦冕转移话题：“想问问你，怎么那个称呼都叫起来了？”

“什么称呼？男朋友？”

“嗯。”

“不能叫吗？”她噘嘴，故意气嘟嘟的。

“我答应了吗？”

“你说考虑一下，”舒灵笑嘻嘻，“四舍五入就是已经答应了，我这么叫有何不妥吗？”

“不妥。”

“那不叫好了！”她饱浸在快乐里的嗓音瞬间冷了下去，还有点气。

秦冕忍不住哼笑。

舒灵靠到床头：“您昨晚睡得好吗？”

“还不错，”秦冕问，“你刚醒？”

“对啊，醒来就找你，可见我多爱你。”

到底年轻，整天把爱字挂嘴边像是不要钱一样。可她撒娇的口吻，并不会让秦冕联想到轻浮。

事实上，他几乎一夜没睡。在女孩做出破冰之举以后，他发现自己对她也产生了极为微妙的情绪。

书里总文艺地说，喜欢最原始的感受是自卑……也许这只对女孩成立。要说男人，喜欢最原始的感觉，应该也是最原始的……性欲。

虽然这点羞于启齿，但在这之前，他对舒灵从未有过此类感触，分毫都没有。他会自居其“父”，也是因为他认为自己是她的上司，但男女间的那份悸动，却是不见踪迹。

而昨夜过后，一切都变了。

他开始想念她了，怀念这个蜜糖一般的小精灵，回味那阵阵涌动的心悸，沉迷她给他带来的全部变化。

可他又不能把这份巨大的态度转变表现得太过明显。一来她年纪太小，也许对人事并不透彻，只是一时脑热；二来她虽然油嘴滑舌，但他能感知那份喜欢的真诚，他还需要一些时间，来确认自己内心的动荡是暂时的还是长久的，才好给她最后的回应。

“‘爸爸’……”见他又不说话，她又用这种犯规的口吻叫他。

秦冕败了：“嗯。”

“你是不是很忙呀？都没空听我说话。”

“这会儿不忙。”

“那你旁边有没有人啊？”她小心翼翼地问。

“怎么？”他挑眉。

她语气谨慎：“我有个重要的事要和你说，你能把手机拿近一点吗？我不想被别人听到。”

秦冕顺着她的要求，把手机贴近几分。

“好了吗？”舒灵问。

“你说。”

下一刻，女孩并未吐出只言片语，而是在她那头重重地香了他一下。小嘴拟出的声音，清脆响亮，仿佛真亲到了他的脸颊。

秦冕耳朵都红了。

他发现这女孩当真擅长这种远距离的调情，可她却信誓旦旦地说自己不是“老司机”。他深知她鬼话连篇，可还是信了。

她亲完还说：“好啦，说完啦。”

秦冕忍不住勾唇，眼一偏，却发现汤助理在困惑地盯着他。

秦冕咳了两声，强令自己正色。可他有点脑热，怎么也坐不住了，索性离席走到落地窗前，看远处的高楼和湛蓝的天，想借此缓和躁动的心绪。

“你真皮。”他借用了她直播时常说的话。

“哦，那你不喜欢吗？”她用委屈音问。

“舒……”刚要叫出她的名字，发现自己还置身办公室，不止他一人，转而道，“我在上班。”

“我知道啊，你是不是不方便回答？那这样吧，你喜欢就不说话当默认，你不喜欢就咳一声。”

秦冕：“……”他终究没有说话。是，他喜欢，没辙地喜欢。

她笑得好开心，得意地指出来：“哈，你喜欢！”说完，她又叹气，“要是能真的亲到你就好了，你一定会更喜欢的。”

小女孩在用自己的方式勾引他，引君入瓮，蚕食他的意志力。秦冕深悉这一点，可他无力抵抗。动心这回事，与毒瘾无异。

再后来，舒灵就缠着他，要他陪自己打局游戏。他让她快起床，她打滚撒泼说来一局就乖乖起床。秦冕无可奈何地答应了。

回到座位，他刚打开游戏，女孩就邀请他进组，进去之后，他发现队里又来了一个人，叫“原来就想睡觉”。

秦冕听见舒灵叫哥，那人急于否认，可还是被舒灵慧眼拆穿。

进了游戏，那个人在队里问起了他：“这人是谁？”

舒灵立即回：“我‘大老婆’。”

秦冕：“……”不叫男朋友就叫大老婆了？从男人的角度讲，这个称呼比男朋友更不能接受。

他停下来，想纠正一下，但想了想，又稍显多余，于是作罢。

一局游戏很快结束，全程舒灵都热情地叫唤着他“大老婆”。

所以，退出“王者荣耀”，他就去微信问她话了：“为什么叫我‘大老婆’？”

舒灵：“哦，对不起，我想打‘大老板’的。”

这个理由拿来哄三岁小孩都不行。

秦冕气笑了，非得拆穿她那点小九九：“ban和po差距很大。”

舒灵瞬间原形毕露：“你本来就是‘大老婆’啊！”

秦冕：“？”

舒灵理直气壮：“你是我的超级粉丝，等级最高堪称粉头，我粉丝都是我‘老婆’，你不就是‘大老婆’，我说得有问题吗？”

秦冕：“……”他不接受。

秦冕：“从逻辑上来说，没问题，但从人格上来说，我不接受。”

舒灵气呼呼：“那你要不要当我‘大老婆’嘛！我都等一天了。”

秦冕：“还不到二十四小时。”

舒灵哭唧唧：“我度秒如年。”

秦冕：“你睡了十二个小时。”

舒灵：“梦里都是你呢，看在我这么喜欢你的分儿上，你就答应我，好不好嘛？我今晚还要直播，你不答应我，我连直播都没心情了，要不然我就在直播间跟你示爱。”

秦冕：“别闹。”

舒灵：“你到底喜不喜欢我？喜欢就答应，不喜欢就拒绝，反正我都认了，我也不会因为你的选择和态度放弃自己的工作。我真的不喜欢被吊胃口，如果你觉得被逼得太紧，就直接说不接受我的好感就行了。上次活动回来，我就一直想你，想再见到你，爱你是真的，想亲你也是真的，想对你做所有能表达爱意的举动。你愿意给我机会，我会好高兴，可如果不给，我也不会怨恨你。我知道自己不是特别优秀的女孩子，而你那么厉害，别看我每天嘻嘻哈哈，其实我很玻璃心的，线在你手上，时间久了，这颗心会被越提越高，一旦摔下去，就越发惨不忍睹，拼也拼不好了。所以可不可以，趁它在掉下去之后只会打个滚稍微有点裂缝但还能保留全尸的高度时，决定好把它抓到手心，还是就此松开。我一直觉得爸爸是很善良、仁义也杀伐果断的人，希望你在这件事上，也能抱有同样的态度，好不好？”在结尾处，她小心地乞求着。

她絮絮叨叨的一番话，又让秦冕的心为之颤动。

他打小遇事认真，做决定前也会审慎评估，包括感情。

可现在，他发现舒灵和他不是一类人。他每一步都要踩在框好的格子里，舒灵不一样，她直接挡在他面前，并且还无所顾忌地用鞋尖蹭掉那些边界线。

随心所欲一下又怎么样呢？他明明喜欢面前这个小姑娘啊！那对他而言，还有什么障碍？

此时此刻，对面已经在呼唤：“你睡着了吗？”

秦冕回：“没。”

舒灵还是催：“那你到底要不要当我‘大老婆’嘛？”

秦冕不再迟疑，打字发出去：“你换成男性称谓，再问一遍试试。”

舒灵一瞬间就懂了，眉开眼笑，手舞足蹈地打字：“你到底要不要当我大！老！公！啊？”

秦冕轻笑。他明明想的是之前的男朋友，她倒好，“老公”都整出来了。但居然更可爱，也奇异地更加喜欢。

秦冕不知该怎么回，索性发了个“OK”的手势。舒灵立马回了两个手势，那意思是“我爱你”，中间夹着嘚瑟的笑脸。

秦冕再次被逗笑，他仿佛回到了那日，阳光正好，他们两个一个台上，一个台下。只是，手势有了变换，他们心有灵犀，已是情人间的爱意。

14

近日，汤助理发现自家老板很不对劲，上班期间，经常看着手机笑容微妙，开完会就溜去一旁的走廊回电话。

汤助理大概猜到他是谈恋爱了，但此人低调至极，几乎没和他提过感情方面的话题，汤助理偶有试探，也被他轻描淡写地打发过去。比如今天中午，他女友可能给他发了什么语音，他戴起蓝牙耳机就听得笑呵呵的。

是的，笑呵呵的，有声版。

秦冕是个喜好清静的人，他真的很少在办公室主动制造这样富有娱乐效果的声音，甚至一次都没有过，至少在汤助理入职后从未经历过。

愈发可疑。

汤助理开始了更为细致的观察和推理，总结大量线索，基本确定目标后，一个下午，汤助理终于忍不住问："秦总，你和舒主播恋爱了？"

男人还在回微信的手一停，看过去，眼底闪过难掩的一抹诧异，末了才正色道："你怎么知道？"

汤助理："还真是和舒主播谈恋爱了？？？"

虽然所有线索都直指舒灵，但汤助理把握并不是特别大。因为他实在难以把他如此严肃正直的老板和那位古灵精怪的小女孩扯一块去，而且他俩分明也不是一个层次的人啊！秦总居然会对舒主播这样的女孩产生想法？这太不可思议了。

正在他思索间隙，秦冕已经搁下手机，再次发问："舒灵告诉你的？"

汤助理摇头："没，没啊，我自己猜的。"

秦冕一顿，一会儿才说："很明显吗？"

汤助理使劲点头。不过他还是好奇："你怎么和舒主播在一起的啊？"

秦冕是商人品性，不做亏本买卖，只说："你先告诉我你怎么发现的？"因为这将是他接下来重点纠正和控制的关键。

汤助理："很多点。"

"说。"

"第一，你的表现无疑是恋爱了，经常看着微信旁若无人地发笑，很反常。我也是因此开始怀疑的。"

"嗯。"

"第二，你不让我看舒灵直播了，即便出去吃饭也不让我代班，很明显你私底下提前和对方交代过，而且我总觉得这个举动有一些男人的独占欲在里面。"

“……继续。”

“第三，你看舒灵直播的眼神和神态不一样了。”

“什么？”

“以前就是一种长辈居高临下的欣赏眼神，那时你的快乐也多半来自弹幕。但现在不一样了，很温柔，你的眼睛里能泛出爱意的光辉。”

“听你的形容，我觉得有点恶心。”

“……简言之，就是男人看喜欢的女人的眼神。”

“嗯。”

“第四，你俩到底怎么好上的啊？我百思不得其解。”

“……”

“我实在想象不出来。”

秦冕并不打算回答这个问题，继续查看邮件。

汤助理总觉得这两人能成的可能性不大，又觉得幺幺灵年纪当真是小，担心她被辜负受了伤，就说：“舒主播还是个小姑娘。”

秦冕品出了他的言外之意，眉心微锁，视线从屏幕后方望回汤助理：“所以呢？”

汤助理还是㞞了：“没什么，”又摘了个大公无私的理由，“我担心你俩的发展万一出了什么问题，影响平台直播。”

“能有什么问题？”

“您……”您的那些长辈啊！汤助理欲言又止。

“我当初办直播平台，他们也没有给我任何支持。”无论是精神上的，还是物质上的。秦冕不徐不疾地说道。

不当心揭了秦冕的陈年伤疤，汤助理有些愧意：“您现在很好，但我实在没想过，您会和舒灵这样的女孩在一起。”

“她不好吗？”

“好啊！”汤助理挠挠耳后根，斟酌着措辞，“但我感觉，她不是适合你的那种好。”

“她是。”秦冕立即否定他。

汤助理有些讶然。

“什么是适合我的好，我自己比谁都清楚。”

而舒灵当然不会知道自己在老男朋友心里有着这样高的评价，是这样特别的存在。她只知道，异地恋好多天了，她早就受够了，但一直苦于找不到机会去见他。

终于等到表嫂退房搬家，要去魔都开启新旅程，舒灵索性搭了个顺风车。

到了魔都后，她没有急着联系秦冕，想要给他一个惊喜。

夜幕将临，舒灵发了条微信给秦冕，问他在做什么。

秦冕回："加班。"

舒灵："还在公司？"

秦冕："嗯。"

舒灵假惺惺地回："你好辛苦哦。"

她还回了张自己早就准备好的美食图片："我在吃好吃的哦，你吃过了吗？"要是他说没吃，她就给他带一大堆好吃的，让他体会一下自己的女友力！

舒灵坐着地铁来到乐玩科技公司的写字楼下。

天凉了，空气里氤氲着长江以南特有的湿凉。舒灵搓搓手，把准备好的小礼物揣进兜里，拿出手机，拨通了秦冕的电话。对方很快接起了电话。

"歪，我是幺幺灵。"亘古不变的开场白。

秦冕："嗯。"

"你已经被逮捕了，我就在你楼下，请你速速放下武器，自首投降。"

男人哼笑，声音低沉好听："今天跟以前不一样吗？"

舒灵"哈哈"小手取暖："当然啦，今天的我不一样。"

"你今天怎么不一样？"

"今天我是活的。"

"啊？"

"以前我只活在文字里、语音里、视频里，但我今天是活的，有血有肉。"

秦冕瞬间懂了："你……"

“对，我就在大厅门外，可以去找你吗？外面好冷呀！”舒灵故意跺脚，用直哆嗦的声线回。

“……你在哪儿？”秦冕吩咐，“等我过去。”

“不要了，我上去找你不好吗？”

“你来了也不说声？”

“那样就没惊喜啦，”舒灵道，“你是不是在和别的女人在办公室做爱？”

秦冕无奈地道：“站着，我去接你。”

男人旋即下楼，大衣都没来得及披上。他胸口震荡，好似第一次与心上人会面。也是，他看了她的两寸照片那么久，隔了这么多天终于又能见到她了。尽管她每天都在电话里无理取闹地说想见他，但他总是不允许。初识时不以为意，如今却极其牵挂她的安危，不愿让她独自出行。他想想就来火，到头来她还是没听话。

外面实在太冷了，舒灵往门内缩了两寸，踮脚眺望，不一会儿，远远地果然走来一个穿着灰衬衣黑长裤的男人。

她立即笑起来，烂漫如花，欢呼雀跃地挥了两下手，秦冕已经走到她跟前。

“你冷不冷啊？”

“冷吗？”

两人同时说出了差不多的话，所以都是一怔。

下一秒，舒灵反应过来，抬起胳膊就钻进他的怀里，环住他的窄腰，一点都不“认生见外”。

心似乎一瞬间富足起来，秦冕的胸腔重重地起伏了一下，也伸手揽住她。

“给你暖暖，”她在他胸口蹭，“你怎么比我还不怕冷。”

“办公室开了暖气。”秦冕一本正经地答。

“‘爸爸’，”女孩突然用气声叫出了这个禁忌的称谓，几乎能让他筋脉如弦般震颤，“我好想你啊！”

秦冕身体一绷，喉头微动，佯装厉色：“别这么叫。”

“哦，”她委屈地嘟囔：“你不喜欢吗？”

秦冕不好答，只说：“跟我上去。”

舒灵乖乖地跟上他的步伐，一进电梯，又一头扎进他的怀里，好像那里有磁铁，而她是个赖皮的小钉子。

“有监控。”秦冕提醒。

不料，这姑娘抱得更紧了，理直气壮地道：“拍就拍嘛，没见过人抱男朋友啊！”

秦冕笑了。

这姑娘瘦瘦小小的，穿着棉服都只有一丁点大，像钻进他怀里的一朵云，连同他的心也跟着轻软的，不见重量。

舒灵跟着他回到曾经熟悉的办公室，恍若隔世。只是这次是在晚间，洁白的光几乎照亮了所有角落，而这里只有他们两个人。

等她进去后，秦冕顺手带上了门。

今非昔比，舒灵大摇大摆地来到那只曾经她正襟危坐过的沙发上，“扑通”坐下，而后四仰八叉。

秦冕：“……”

舒灵感慨：“哎，我早就想这么坐了，当初太委屈自己了。”

秦冕失笑。

眼看男人要回班台后边，舒灵腾地坐了起来，对他招手：“你过来一下，好吗？”

秦冕顿足，原路返回。

等他站在沙发前，舒灵仰脸，大眼睛忽闪忽闪地盯着他。她拍拍身侧的空位：“坐下，我有话和你说。”

秦冕抬眉，顺从地坐了下去。

刚一落座，舒灵便攀住他的肩膀，昂高着脖子，“吧唧”一声，用力地亲了他的脸颊一下。

秦冕一愣，一下没反应过来。须臾，他用手背轻抹了下脸：“你口水真多。”

“你不要这么煞风景啊！”舒灵气嘟嘟，“小女朋友的口水也是甜的。”

“哦。”秦冕被她逗笑。

舒灵继续噘着嘴：“我说过，想抱你，想亲你的，是不是特别有行动力？”

“还差点。”

“差什么？”

秦冕没说更多，舒灵的下巴已经被扳起。男人的气息如峻岭山脉倾倒般，悉数而来。这是一个来自男人的吻，极具侵占性。

舒灵清醒过来，秦冕也放开了她。

一瞬间，舒灵意识到了什么，脸涨得通红，不好意思地伏到他的肩头。

秦冕勾唇，抱紧了她：“我说过来见我很危险。”

“你明明说路上危险才不让我过来！”

“是吗？”

“就是！”

舒灵戳着他的脊椎骨，接着问：“你脑子里都在想什么？！”

“……”不太好回答。

“你到底在想什么！”

“……今天不会。”他只能给她这样的保证，她吻技生疏，他心里仅存的疑点也没了踪影。

舒灵开始在意别的方面：“你在这个沙发上，亲过别的女的吗？”

“没有，没几个女的敢这样来我办公室。”他几乎是下意识地哄她。

“陆瑠不是女的吗？”

“我说过，我和她是发小而已。”

“哼，我勉强信一下。”她皱着鼻子，连同那些淡淡的小雀斑，也变得格外生动迷人，比他看烂的那张两寸照还美。

秦冕又想吻那里了，但他还是制止了自己。

舒灵开始清理过往恩怨：“你那时候还说你的事情我别管。”

“你以后也不用管。”

“嗯？”

秦冕皱皱眉：“我没女人，就一个女孩。”

他不经意的情话，又让舒灵乐不可支了：“哦，我很高兴成为那个女孩哦。”

陪他坐了会儿，舒灵说：“我今天还要直播，能借电脑用一下吗？”

秦冕很快给她找来一台配有直播软件的电脑。

开播前，舒灵得意扬扬地和秦冕说：“你今天可以近距离观看你最欣赏、最为之骄傲的主播是如何在三百万人面前倾情吹牛的了。”

秦冕也打开自己的平板：“行啊，我等着。”

舒灵给今天的直播起名“粉色直播间”。

七点，人气激增，许多恭候直播的粉丝开始刷屏。

“今天直播间的名字是什么鬼？”

“我好像闻到了一股恋爱的酸臭味。”

“请把我的主播还回来！”

“我感觉自己要失恋了。”

…………

舒灵被弹幕逗笑，乍一抬眼，她发现坐在正对面的秦冕也弯着嘴角，他们相视一笑。

舒灵固定的开场语：“歪，晚上好，我是幺幺灵。”

她刚要往下说，一连串的“航母”突地以一种迅猛之势，霸屏了整个直播间的右下角——×1、×2、×3……一直到520。

整整104万元，所有人瞠目结舌，连大气都来不及喘，满屏的“66666666”。

一场爱的巨轮表演秀，闪瞎了在座所有人的眼。

舒灵目瞪口呆，想要一问究竟，但碍于在万人跟前，她不好贸然提出。

两两相望，秦冕笑了一下，手点到唇边，示意她不必声张。

“你干什么啊？”她夸张地做着口形。

秦冕沉吟片刻，突地单手比了个心，只是神情还是淡淡的，自知羞耻还故作不以为意，有股子反差萌。

舒灵咧嘴，无声大笑，而后两手比心。不不不，太小了，她要给他